E. A. Chr. Strasser

Franzosen !

E. A. Chr. Strasser

Franzosen !

ISBN/EAN: 9783743303966

Hergestellt in Europa, USA, Kanada, Australien, Japan

Cover: Foto ©Andreas Hilbeck / pixelio.de

Manufactured and distributed by brebook publishing software (www.brebook.com)

E. A. Chr. Strasser

Franzosen !

Franzosen!

packt in Deutschland ein,

und geht nach London!

oder

werdet Spartaner!

Germanien, 1797.

Dedication
an
𝕾𝖗. 𝖂𝖆𝖘𝖘𝖊𝖗 = 𝕸𝖆𝖏𝖊𝖘𝖙ä𝖙.

Großer Neptun!
Mächtiger Poſidon!

Ob ich zwar nicht ſo glücklich bin, Deiner Majeſtät von Perſon bekannt zu ſeyn, immaßen ich noch niemals die Meere durchſchiffet, wo ich, zu meinem beßern Fortkommen, Deines Paßes benöthigt geweſen wäre; So hat doch mein großer Anherr, der Conétable von Ypſilon, (Gott habe ihn seelig!) in ſeinem der Familie zurückgelaßenen großen Recept=Buch mich verleitet, Deiner Majeſtät dieſe Schrift zu dediciren. Er theilet ſein Recept=Buch in zwey Theile, in deren erſterm er die Mittel zur Cultur des Geiſtes vorzeichnet, und darin ieden aus ſeiner Familie auffordert, Bücher zu ſchreiben, und ſolche großen Herren allemal zu dediciren, denn dieſe ſorgten ſodann für das weitere Fortkommen des Autors, wie für ihre Pathen.

Wiewohl ich nun weiß, daß Deine Waßer-Minister, die alle von den Engländern bestochen sind, schon dafür sorgen werden, daß diese kleine Schrift nicht unter Deine Augen komme, sondern noch auf dem Continent confiscirt werde; So traue ich doch dem weit um sich sausenden Eolus zu, daß er sie durch seine Winde Deiner Majestät übers Meer zuführen werde.

Du wirst daraus ersehen, wie erbärmlich Deine Lieblinge, die Engländer, mit dem festen Lande umgehen — Wenn ich Dir nun vollends klagen muß, wie verächtlich sie einen Deutschen, sollte er auch Fürst seyn, über die Achsel ansehen, und sich nicht mehr der alten Sachsen erinnern, welche der christliche Glaube in Brittanien erst gesittet machte, nicht zurückdenken, wie ihr allererster Handel sich auf die Zinnbergwerke in den Caßiteriden-Inseln meistens einschränkte, die der Phönizische Midakritus entdekte, und wovon die Niederlage nachher auf die Insel Whigt, ehe sie noch im VIII. Jahrhundert durch eine Meer-Enge, die nunmehr 3 Meilen ten breit ist, ganz von England abgerißen wurde, verlegt war, nicht mehr an die römische Eroberung denken, wodurch die Britten um ihre Freyheit kamen, ehe sie solche durch die Sachsen wieder erlangten, sondern Deutschlands Handel durch ihre ietzige Herrschsucht auf allen Meeren, nach den Beweisen des in diesem Fach wohl bewanderten Herrn Profeßors Büsch in Hamburg, unglaublich drängen und zerstöhren. Wenn, Du, großer Posidon! ferner bedenken willst, daß die Handelschaft mit der Wohlfarth des menschlichen Geschlechts unzertrennlich verwebt ist, daß alles, was im Handelswesen gethan oder unterlaßen wird, einen unmittelbaren Einfluß in das Wohl und Weh eines ganzen Staats — und seiner Nachbarn hat, und daher der Handel ein Stifter des Kriegs und Friedens — mithin ein Gegenstand der Staatskunst geworden ist; So kannst Du ohnmöglich diesem Unheil länger zusehen.

Wenn Du daher das kühne Volk der Franzosen gegen die Ufer der stolzen Themse wirst hinseegeln sehen, um die Arsenäle und Schiffs-Werffte der Brittischen Monopol-Händler zu zerstöhren, o! so beschütze iene mit Deinem Dreyzack, und hilf ihnen glücklich landen.

Sobald sie aber mehr thun, als dieses — sobald sie sich in die wohlthätige Brittische Constitution mischen — sobald sie das Gift ihrer revolutionären Grundsätze auch in Brittannien ausbreiten — sobald sie das Blut der Unschuldigen und Unbewaffneten nicht schonen, nicht der Menschheit huldigen — sobald sie das Brittische Diadem, ich meyne den König und seine Königliche Familie, antasten — sobald sie ihre Rache an dem Staatsklugen unerschütterlichen Minister Pitt, der trotz seiner Brittischen und Deutschen Feinde, immer groß bleiben und noch größer werden wird, wenn er seine vaterländische Constitution von ihren Schlacken, nach dem Frieden säubern wird — sobald sie, sage ich, an dem ihre Rache ausüben wollen, unter dem Albions Flaggen mit Ruhm und Ehre wehen, was auch brittische und deutsche Schwärmer auf ihren

Schild-

Schildwachen *) dagegen sagen und lästern mögen, dann, mächtiger Posidon! dann zerschmettere der Franzen Schiffe an den Felsen und Seeklippen der Meere, und peitsche das Meer mit Deinem Dreyzack, daß die Fluthen über die Feinde der Menschheit zusammen schlagen, und die Trümmer ihrer Flotten allen Nationen verkündigen, daß auch auf den Meeren Gerechtigkeit herrsche.

Zu ihrem Ausseegeln aber gegen die Ufer der Themse gieb auch Du, weitsausender Eolus! wie Du einst dem Ulysses thatst, als er aus Eolien reisete, auch den Franzosen Häute mit, worin die Winde eingeschloßen sind, und laß nur ienen Wind brausen, der die Englischen Schiffe am Auslaufen hindert.

Und Du, mächtige Zauberin, Circe! nimm die Verunglückten so liebreich auf, wie Du Deinen Liebling, den Ulysses einst auf Deiner Insel aufnahmst, als er nach Itaca zurückkehrte. Sie werden Dir — die kräftigen Franzmänner — (denn in Deutschland haben

*) S. Rebmann in seiner Schildwache.

sie es unter vielfachen unmenschlichen Erceßen bewiesen) mehr als einen Telegonus erzeugen.

Und nun, nachdem ich alle Meeresgötter und Zauberin für das bedrängte Deutschland aufgefodert, lege ich meinen Kiel in Demuth vor Deiner Majestät nieder.

Sollte ich noch einst, nach meinem sehnlichsten Wunsch, Dein Meer-Gebiete, befahren; so siehe mit gnädigem Blick auf mein Schifflein und meine Wiß-Begierde, und laß mich, nicht bereichert mit Indiens Schätzen, sondern mit Wißenschaften und Kenntnißen, glücklich wieder in Ithaca landen. Dieses bittet in Unterthänigkeit von

Deiner Waſſer-Majeſtät

ein deutſcher Patriot.

Einleitung.

Wenn der Druck der Menschheit überall fühlbar wird, wo man nur hinsieht; wenn auf dem vesten Lande der Krieg mit all seinen gefährlichen Begleitern, dem Mangel und der Theurung, der Vieh-Seuche und dem Hunger wüthet; wenn man unter den Lebensbedürfnißen, deren unzählige übers Meer kommen, die zum Theil ganz unentbehrlich sind, ebenfalls die Steigerung der Preiße von Zeit zu Zeit fühlen, ten, und die Haupturſach darin ſuchen muß, weil der Allein=Handel zur See in den Händen der Engländer iſt; wenn nun ſolchergeſtalt, da die Meere geſperrt ſind; auch Handel und Wandel für den Kunſt= und Erwerb=Fleiß gehemmt iſt; wenn ſolchemnach keine Einnahme für die mittlere und niedere Klaße der Europäer zulangen will, um große und kleine Familien zu ernähren; wenn der Wohlſtand ſo vieler derſelben von Zeit zu Zeit immer mehr abnimmt, die Thränen und Seufzer der Nothleidenden hingegen immer häufiger fließen — Wem ſoll, im Gefühl dieſes Menſchen=Drucks nicht der Buſen hoch empor ſchwellen vom Unwillen gegen die Urheber deßelben? Wem ſoll dieſes Joch der Sclaverey, worunter ietzt beſonders Deutſchland ſeufzet, nicht unerträglich werden? Wem iſt der abgedrungene Wunſch zu verdenken, dieſe Feßeln zu zerbrechen, und den Stöhrern der Ruhe, ſowohl auf dem Continent als auf den Meeren, alle Kräfte der Seele und des Körpers, alle Erfindſamkeit entgegen zu ſetzen und aufzubieten, um ihrer Wuth, ihrem Uebermuth und ihrem Wucher ein Ende zu machen.

Sey es Krone, oder Republik — Wer ſo gefühllos iſt, den Erdboden in ein ſolches unüberſehliches Elend, theils durch Mord und Blutvergießen, theils durch Eigennutz und tyranniſchen Monopol-Handel zuſetzen; dem diene die Wahrheit, die laut
geſag=

gesagte Wahrheit zum Spiegel und zum Besinnen. Jedes Individuum ist befugt, sie zu sagen; denn ie= des Individuum fühlt den Druck dieses durch Men= schen erzeugten Elends zu sehr, als, daß es sclavisch schweigen sollte.

Wenn Gott und die Natur ihre Vorraths=Cam= mern so mildthätig, so ausreichend in einem Lande öffnen, Menschen=Hände aber verwüsten und entlee= ren sie kaltblütig zum Verderben ihrer Mitmenschen, dann trauret selbst die Natur über ihre ausgeartete Kinder, und klagt laut über den Mißbrauch, über die Verachtung ihrer Wohlthaten.

Wem soll sodann eine Märtyrerkrone nicht sein Stolz seyn?

Ist dem Bauernstande nun zu verdenken, wenn er, nachdem ihm sein Geld, sein Vieh und all sein Eigenthum genommen, seine Hütten verbrannt, sei= ne Weiber und Kinder entehrt und geschändet sind, wenn er, da ihm sein Leben nun zur Last wird, mit kaltem Blut sich in tausend gezuckte Schwerdter wirft? Ist es dem Schriftsteller zu verargen, wenn er hinter seinem Schreibtisch das Wehklagen seiner Familie, ohne Hülfe anhören — sich selbst verzehren sehen muß; daß er endlich die trockne Wahrheit laut in die Welt posaunet, in Hoffnung, daß endlich noch ein mittel=

bis

biß Ohr sich der Stimme der schreyenden Menschheit öffnen und der Billigkeit Gehör geben werde?

Sollte denn die Menschheit so ganz ausgeartet seyn, daß auch d a r ü b e r der Despotismus seinen drohenden Finger erheben könnte? Sollte es nicht mehr erlaubt seyn, die Wahrheit seines erleidenden Elends zu klagen, und die Urheber deßelben laut zu nennen? Dies will ich, zur Ehre der Menschheit, niemals glauben, sonst möchte ich diese Schande nicht überleben, denn alles gesagte ist die offen liegende Wahrheit. O! goldner Friede! kehre zurück in die Palläste der versprengten Großen, in die Hütten der verarmten Kleinen. Nach dir seufzet der Säugling, wie der Mann, der Monarch, wie seine Unterthanen, der Feldherr, wie seine Krieger. Genug ist des Blutes vergoßen, daß der Erdboden in Ströhmen eingesaugt. Genug hat das Schwerdt gewüthet durch die traurenden Fluhren. Genug sind der Millionen verschwendet, die unerhörte Haabsucht geraubt. Die schönsten Denkmäler des grauen Alterthums sind zerstört. Die Pracht der Kunst und des Geschmacks ist verwüstet. Auf den Trümmern der stolzen Baukunst ruhet die Schande der Zerstöhrer mit hohnlächelnden Blick. Unterm Schutt der Palläste seufzet die Asche der Erschlagenen, und in den Gruben verscharrter Leichname rungen halblebende sich noch die Hände, bis sie die gequälte Seele hülflos

heraus=

heraushauchten. Noch die Asche der Todten wurde in den Gräbern gerüttelt, und entweder geschändet, oder zur Ehre des Pantheons erhoben, wie es der Willkühr des tobenden Fanatismus entschied. Tempel und Altäre wurden entweyht, und eine feile Zofe, als Göttin der Vernunft, darin verehrt — Selbst die Existenz eines Gottes wurde persifflirt — Kann die Ruchlosigkeit des verblendeten Sterblichen sich noch ein mehrers erlauben? Oder ist die Rache des Feindes noch nicht gesättigt? Soll das Schwerdt noch ferner rauchen vom Blute der Unschuldigen und der Bittenden? Sollen die Fluhren noch nicht ruhen vom Fußtritt der Verheerer? vom Hufschlag des tobenden Roßes, dessen Reuter die reifenden Halme durchwühlte? Sollen die Scheuern des Landmanns sich nicht wieder öffnen, zu empfangen und zu verwahren die Früchte der wohlthätigen Natur?

Soll der Hunger von der bleichen Wange des abgehärmten Landmanns noch nicht weichen? Sollen die Dünste des Moders sogar die Luft noch verpesten? Soll erst die gräßlichste aller Landplagen dem Krieg ein Ende machen? Oder soll die Sonne erst verlöschen, um dem Blutvergießen die Grenzlinie zu geben? Beynahe scheint es, als wenn die Krieger dies Wunderwerk dem Weltbeherrscher erst abnöthigen wollten.

Kehre

Kehre wieder, goldner Friede!
Mit der Palme in der Hand;
Gieb im letzten Siegesliede
Ach! gieb Ruhe jedem Land;
Laß den Dankgesang dir dann gefallen,
Den die Tempel Gottes wiederhallen.

I.
Packt in Deutschland ein.

Die fruchtbare Natur scheint bey Hervorbringung eines großen Genies mit tiefem Nachsinnen zu verweilen und bey den übrigen Wesen nur ein Spiel zu treiben.

Beynahe sollte man glauben, in Frankreich wäre es umgekehrt, da aus der niedersten Klasse von Menschen, oder aus solchen, die kurz vorher noch Unterofficiers oder Gemeine waren, die größten und glücklichsten Generale hervortreten, und wenn diese zu hunderten fallen, eben so viel Hunderte an ihrer Stelle wieder empor kommen, die mit gleichem Glück und gleicher Geistesstärke den Commando-Staab führen, Alpen und Pyrenäen ersteigen, über große und kleine

kleine Flöße mit künstlicher Behendigkeit setzen, und Vestungen kaum Zeit zum Besinnen laßen, um sich zu ergeben.

Ist dieß Uebergewicht von Genie? oder was ist es?

In Frankreich so wenig als in Deutschland erzeugt jede Decade, ja kaum jedes Jahrhundert, einen Marschall von Sachsen, einen Turenne, einen Condee, einen Luxenburg, einen Folard, einen Eugen, einen Friedrich II., einen Prinz Heinrich, einen Herzog von Braunschweig, einen Prinz von Coburg, einen Clairfait, einen Thielke.

Immer bleiben Genies in der Kriegskunst seltene Steine in den Diademen der Monarchen, und sie werden immer seltener werden, wenn sie den — an Höfen gewöhnlichen Cabalen so oft unterliegen müssen, wenn der Glanz des Purpurs den Glanz der Verdienste verdunkeln darf.

Was ist es denn also, wodurch in Frankreich Generale so schnell gebildet werden? Ist es blos der Enthusiasmus der Freyheit, oder Clima? Beydes möchte zwar dazu beytragen. Aber! das Studium der alten Geschichte der Griechen und Römer, das in Schriften aufbehaltene Vorarbeiten ihrer Helden der Vorzeit, welches sorgfältig in den Archiven verzeichnet und aufbewahrt liegt; das fleißige Studium dieses ser Denkmähler läßt den vormaligen Nationalconvent und das ietzige Directorium die Lagen der Rhein- und anderer Länder, wo ihre Vorfahren gekämpft, gesiegt, und verlohren haben, bis auf die geringsten Sümpfe kennen, läßt sie die Fehler ihrer Vorfahren vermeiden, und ihre kühnen Maneuvres nachahmen.

Die kluge Wahl ihrer hiernach instruirten Generale, wenn die Franzosen durch Deutsche Deutschland, und durch Italiäner Italien bekriegen laßen, giebt ihnen ohnstrittig auch wesentliche Vortheile zum Uebergewicht, und endlich entflammt den gemeinen Soldaten der Drang des Mangels innerhalb ihres Vaterlands, die Hoffnung zu großen Reichthümern durch Rauben und Plündern außerhalb deßelben, der Enthusiasmus der Freyheit, und der Kützel der Ehrbegierde, nicht durch den Stock, wie deutsche Knechte, gestraft zu werden, zu heroischen Thaten.

Alle diese Gründe zusammengenommen, vielleicht auch der Druck des Deutschen unter manchem Despoten, der daraus ströhmende Ueberfluß an Spionen, und die sichtbare Disharmonie unter ihren verbündeten Feinden gab ihnen bisher so oft das unbegreifliche Uebergewicht über die tapfern Schaaren der Deutschen, wenn auch vorgebliche Verrätherey, wovon man bey den Franzosen kein Beyspiel weiß, nicht mit in Anschlag gebracht werden will.

B 2   Noch

Noch glücklicher, noch weit umgreifender würden die Vorschritte der Franken gewesen seyn, wenn sie ganz die Regeln und Vorschriften ihres großen erfahrnen Feldherrns der Vorzeit, des Grafens von Sachsen (eines Deutschen zur Ehre der Deutschen) befolgt hätten, der *) den Rath giebt

„nicht zu plündern, und wenn man die
„Contributiones durch Furcht beytreiben
„und mit Brand drohen muß, nur ein
„abgelegenes Haus anzuzünden."

Wenn sie ihrem ersten Aufruf:

„Friede den Hütten!
und
„Krieg den Palläsften!"

treu geblieben wären, nicht Unbewaffnete gemordet, nicht geplündert — vielmehr das Eigenthum beschützt — und sich blos mit den Requisitionen ihrer Bedürfniße begnügt — nicht Ueberfluß gefodert — und den Ueberfluß aus Muthwillen nicht verdorben — nicht Wein und Bier, wenn sie den Feind noch dazu vor sich herjagten, aus Uebermuth in die Keller hätten laufen lassen — die ihnen überflüßig gewesenen Betten und Leinen nicht vor den Augen der Eigenthümer verbrannt — nicht das weibliche Geschlecht viebisch

---

*) S. dessen Kriegskunst 2. Bd. 1. Hauptstück §. 169.

hi sich mißhandelt —, und, nach gestillter Wollust, noch darzu verstümmelt und getödtet hätten; So würde es ihnen leicht geworden seyn, sich zu Herren von ganz Deutschland zu machen, denn leyder! war der deutsche Patriotismus beynahe aller Orten so erkaltet, und der dumme Pöbel vom Freyheitsschwindel so verblendet, daß er sich lauter goldene Zeiten träumte, zum Verräther an seinem eignen Vaterlande wurde, seiner Obrigkeit Hohn sprach, und den fast allgemeinen Wunsch laut äusserte, den kommenden vermeyntlichen Errettern in die Arme zu fallen.

Zum Glück für Deutschland aber verkannten die Franzosen ihre eigne Vortheile, und ließen sich zu alle den Greueln der Verwüstung hinreißen, die noch die späteste Nachwelt verabscheuen wird.

Zwar darf man iene nicht ihren Generalen beymeßen, denn diese z. E. der General Jourdan und le Fevre haben in ihren — manchen Fürsten Deutschlands ertheilten Schutzbriefen deutlich gezeigt, daß sie alle dergleichen übertriebene Exceße nicht nur mißbilligt sondern auch zu bestrafen gedroht und würklich bestraft haben.

Allein! es fehlte an Subordination. Zur Ehre muß man es ihnen nachsagen, daß sie manchen Exceßen, manchen Plünderungen, worzu nur das dritte Signal noch fehlte, mit Manneskraft noch vorgebeugt haben.

haben. Dennoch konnten sie dem Charakter ihrer Nation nicht überall Einhalt thun, und so ist es leyder! geschehen, daß viele tausend Familien in Deutschland im äußersten Elend schmachten, und eben so viel Hausväter den Ruin ihrer Familien nicht überlebt haben.

Was nützt alle Aufklärung unter der französischen Nation, wenn sie nicht einmal so viel bewürken konnte, den Krieg menschlich zu führen, der Unschuld zu schonen, und die natürlichen Folgen des Kriegs nicht bis zur Unmenschlichkeit und Fühllosigkeit noch zu vergrößern?

Wollte man mich vielleicht einer Uebertreibung hierinnen beschuldigen; so will ich selbst das Pariser Tagblatt für mich reden laßen.

Sogar aus Paris vom 21 Junii 1796. wurde folgendes geschrieben:

„Der Verfasser des hiesigen Tagblattes läßt in
„seiner letztern Nro. durch einen gewißen Ouroi
„folgende Bemerkung über Frankreichs gegenwär-
„tige Lage machen:"

„Die Republik ist: Traumbild; die
„fünfherrige Constitution ein gothisches Gebäude,
„auf Sand gebaut, das von selbst einstürzen wird.
„Der Stolz auf eure Triumphe ist eben so ver-
„geblich, als der Schrecken, den ihr
„durch

„durch eure Waffen unter den Völ-
„kern verbreitet, denen ihr durch eu-
„re Verbrechen Abscheu und Entsetzen
„eingeprägt habt; unzählige Zerstöhrungs-
„keime trägt die Republik in sich selber."

„Unsinnige! ihr wollt die Erfahrung aller
„Jahrhunderte und alle Weisen der Welt zu Lüg-
„nern machen. — Nur noch eine kurze Zeit,
„und ihr, Republikaner! werdet, ermüdet, nach
„einem Lufbilde zu laufen, auf den Trümmern
„eurer Städte die unglücklichen Folgen eurer
„Neuerungswuth betrachten, und mit Thränen
„eure ehemalige Glückseeligkeit zurück rufen —
„— — — Ihr verwilderte Menschen! die ihr
„seit langer Zeit kein anderes Recht, als
„das Recht des Stärkern kennet, Ihr,
„die Ihr fast allgemein den Nahmen Gottes für
„eine Lächerlichkeit haltet, ihr könnet nicht eher
„zur Tugend zurückkehren, als bis Ihr Jahrhun-
„derte in Barbarey gewandelt habt!" —

Mit diesem Zeugniß eines gebohrnen Franzosen
will ich mich bewaffnen, wenn ich sage, daß Deutschland die Folgen dieser Barbarey Jahrhunderte fühlen
wird —

Aber! was thaten Euch denn, Franzosen! die
guten

guten biedern Deytschen? Wodurch verschuldeten sie
solche Nahmenlose Mißhandlungen?

Habt Ihr denn schon vergeßen, was ein Herzog
Moritz von Sachsen um Euren Heinrich III., was ein
Herzog Bernhardt von Weymar, und die andern deutschen Fürsten der evangelischen Union für Meriten um
Eure ehemalige Monarchie hatten, als ein Carl V.
in Oestreich, ein Philipp II. in Spanien sie verschlin-
gen wollten?

Erinnert Ihr Euch nicht mehr des Grundsatzes
Eures ehemaligen großen Ministers unter Ludwig XIII.,
des Cardinals Richelieu, der gar wohl einsah, daß
von Deutschlands Unabhängigkeit die Sicherheit Frankreichs dependire, der seinem Plane treu blieb, die
Freyheit der deutschen Fürsten zu sichern, und Frankreichs Ruhe und Sicherheit nicht in Eyfersucht erre-
genden Eroberungen, sondern in der Erhaltung
Deutschlands zu suchen? Und Neulinge in der Staatskunst wollen ietzt diesen politischen Grundsatz mißken-
nen, wollen ihn untergraben, und just das Gegentheil zu ihrer Politik machen? wollen einen Plan ver-
laßen, deßen Frucht, nach einem dreyßigjährigen
Krieg, der wohlthätige Westphälische Friede war, der
die Verfaßung von Deutschland und die Freyheit von
ganz Europa befestigte, der, nach einer weitumfaß-
senden systematischen Politik, den Grund zum fast er-
loschee

loschen gewesenen Gleichgewicht von ganz Europa legte. — Diesen Plan wollen iezo die Bildner einer Republik ganz außer Augen setzen?

O! wie weit entfernt Ihr Euch von Eurem Ziele! wie bald werdet Ihr es noch bereuen!

Euch vom Gegentheil zu überzeugen, Euch zum alten Grundsatz Eures Richelieu zurück zu führen, durchlauft mit mir in gedrängter Kürze die Geschichte Eures Vaterlandes von Hugo Capet an, bis zum Westphälischen Frieden, wodurch erst Frankreichs politische Existenz gesichert wurde.

Nach dem Tode Ludwigs des trägen dem letzten König von dem Carolingischen Stamm, im Jahr 987. bestieg Hugo Capet Graf von Paris den Thron Frankreichs. Er ließ Carln von Lothringen, des verstorbenen Königs Oheim und letzten Prinzen aus Carls des Großen Geblüte, gefangen setzen. Carl starb im Gefängniß, und Hugo Capet brachte die Crone auf seine Nachkommen, bis zu der ietzigen in Frankreich ausgebrochenen großen Staatsrevolution, das heißt bis zur Guilliottinirung Ludwigs XVI.

Schon sein Sohn Robert der Weise spielte eine minderglückliche Rolle. Weil er sich mit seiner Base Bertha vermählt hatte; so ward er vom Pabst Gregorio V. in den Bann gethan, welches nach den

dama-

damaligen bigotten Begriffen einen solchen üblen Eindruck auf die Franzosen machte, daß selbst die Höflinge und Bediente des Königs ihn verließen, und man sogar die Schüßeln und Trinkgeschirre, deren er sich bedient hatte, in das Feuer warf, um sie wieder zu reinigen.

Im Jahr 1077 fiengen die Kriege mit England an, durch welche Wilhelm der Eroberer, der, als Herzog der Normandie, ein Vasall von Frankreich war, sich zum allgemeinen Erstaunen von Europa, ohne Widerspruch irgend einer Macht, auf den Englischen Thron schwung. Erst nachher erregte die Eyfersucht zwischen England und Frankreich in der Folgezeit so vielfältige Kriege, welche unter der Regierung Ludwigs VII. des Jungen, Königs in Frankreich, fast unaufhörlich fortdauerten. Dieser Prinz ließ sich unbedachtsamer Weise von seiner Gemahlin Eleonora, Erbin von Guienne und Poitou scheiden, worauf sich diese Prinzeßin im Jahr 1152. mit Heinrich II. vermählte, der nachher König von England wurde, und bereits die Normandie, Bretagne nebst den Grafschaften Anjou, Touraine und Maine in Besitz hatte. Eleonora brachte ihm noch Guienne, Gascogne, und Poitou als ein Heyrathsguth zu, wodurch die Engländer beynahe über die Hälfte von Frankreich Meister waren.

Phi

Philipp August, Ludwig des Jungen Sohn und Nachfolger, unterließ nichts, ihre Macht, die ihm zu groß und furchtbar schien, zu schwächen. Er führte gegen den König, Johann ohne Land, nachdrückliche Kriege, und schlug deßelben Bundsgenoßen, Otto IV, in einem bey Bouvines in Flandern im Jahr 1214. vorgefallenen Treffen.

Ludwig VIII, der nach Philipp August zur Regierung kam, nahm den Engelländern verschiedene Provinzen weg und that sich in dem Krieg gegen die Albigenser, besonders hervor.

Sein Sohn und Nachfolger, Ludwig IX. der nachmals unter dem Nahmen Ludwigs des Heiligen bekannt wurde, regierte mit vielem Ruhm. Er zeichnete sich durch seine Tugenden und gute Eigenschaften eines Staatsmanns mehr, als durch seine Tapferkeit im Krieg aus, denn seine unternommene Kreutzzüge liefen unglücklich für ihn aus.

Bisher hatte man zwischen Frankreich und England nur über gewiße Landschaften gestritten. Nun aber fieng die Periode an, wo die Könige von England, nach dem Recht der Erbfolge, das ganze Königreich Frankreich in Anspruch nahmen. Eduard III. König von England machte diesen Anspruch von Seiten seiner Mutter, Isabella, Philipps des Schönen Königs in Frankreich Tochter. Dieser durch den heftigen
Streit

Streit mit dem Pabst Bonifacius VIII. und durch die Vertilgung der Tempelherrn in der Geschichte so bekannte König, hinterließ drey Söhne, Ludwig X. Hutin genannt, Philipp den Langen und Carl den Schönen, welche, einer nach dem andern, den Thron bestiegen. Da nun diese drey Könige alle ohne männliche Erben gestorben, erlosch mit ihnen der alte Capetingische Stamm der Könige von Frankreich.

Die Thronfolge kam auf die Seitenerben. Der nächste Verwandte männlicher Linie, war Philipp von Valois, Neffe Philipps des Schönen.

Da dieser Herr im Jahr 1327. auf den Thron kam, so fand er an Eduard III. König von England einen Mitwerber, welcher, als Philipp des Schönen Enkel, den Vorzug vor deßelben Neffen verlangte. Eduard hatte aber einen sehr alten, unter dem Nahmen des Salischen Gesetzes in Frankreich bekannten Gebrauch gegen sich, vermöge deßen die weibliche Linie allezeit von der Regierung ausgeschloßen war. Dieses Gesetz aber verhinderte Eduarden nicht, den Titel und die Wappen von Frankreich anzunehmen, welches beydes seine Nachfolger bisher noch immer behalten haben.

Im Jahr 1338. kündigte er Philipp von Valois den Krieg an. Dieser dauerte beynahe so lange, als

Phi-

Philipp regierte, und gieng unter den Nachfolgern
dieser zween Herren oftmals wieder von neuem an.
Kaum war ein ganzes Jahrhundert hinreichend, diesen Streit beyzulegen, der so viel Blut kostete, und
unter beyden Nationen einen unversöhnlichen Haß
stiftete.

Unter der Regierung Carls VI. gieng es Frankreich hauptsächlich am allerunglücklichsten. Der König
war wegen der Schwachheit seines Verstandes und
Mangels an guten Ministern untüchtig und ohnmäch-
tig, der Hof unter die Prinzen von Geblüte getheilt,
welche einander die Regierung strittig machten. Der
Hertzog von Orleans kam durch den Herzog von Burgund um das Leben, und dieser durch den Dauphin.

Der Dauphin wurde von seiner eigenen Mutter
verfolgt, welche durch einen im Jahr 1400 zu Troye
gemachten Vertrag dem König von England ihre
Tochter zur Ehe gab, und ihm die Nachfolge auf den
französischen Thron, den sie ihrem eignen Sohn weg-
nahm, versicherte. Dieser unter dem Nahmen Carls
VII. bekannte Sohn bestieg nachgehends den Thron,
und jagte die Engländer, nach vielen über dieselben
erfochtenen Siegen, im Jahr 1453 aus ganz Frankreich, ausgenommen die Stadt Calais und die Grafschafft Guines, welche ihnen noch einige Zeitlang blieb.

Dies ist der eigentliche Zeitpunct, da Frankreich,
durch die Wiedereroberung aller von den Engländern

in diesem Königreich inne gehabten Landschafften, wie der empor stieg.

Im Jahr 1618 entstand, bey Gelegenheit der Böhmischen Unruhe, der, dritte Religionskrieg in Deutschland, welcher unter den Kaysern Ferdinand II. und Ferdinand III. 30 Jahre lang sich über einen grossen Theil Europens erstreckte. Auf einer Seite sahe man den Kayser, die catholischen Staaten in Deutschland und den König in Spanien; auf der andern aber Frankreich, Dännemark, Schweden und die protestantischen Staaten des Reichs im Streit verwickelt.

Nachdem die französischen und schwedischen Waffen den Sieg erhielten; so war die Gegenparthey genöthigt, den im Jahr 1648 zu Münster und Osnabrück in Westphalen geschlossenen Frieden zu unterzeichnen. Dieser Friede wurde eines der heiligsten und unverbrüchlichsten Gesetze des deutschen Reichs, und der wahre Schutz der bürgerlichen und geistlichen Religionsfreyheit der Fürsten und Stände des Reichs.

Frankreich erlitt während dieser Perioden merkwürdige Veränderungen: Vor Zeiten waren die Provinzen des Königreichs unter einer gewissen Anzahl Herren vertheilet, die man Pairs nennte, und die, als Vasallen, unter dem König standen, im Grund aber eben so viel kleine Könige waren. In ihrem Bezirk

Bezirk hatten sie die Oberherrschafft und ihre Lande machten sie erblich. Den Königen blieb, so zu sagen, die Isle de France allein übrig, und sie lebten von den Einkünften ihrer Domainen. Aus eigner Macht vermochten sie nichts zu unternehmen, und in allen Sachen, auch von der geringsten Wichtigkeit, welche die allgemeine Regierung des Königreichs angiengen, mußten sie die Stände versammlen und sie um ihre Meynung befragen. Während dieser Periode aber gewann in diesem Königreich alles eine andere Gestalt.

Die Paerien, das heißt, die Herzogthümer und Grafschafften, mit welchen die Würde der Pairs verknüpft war, wurde nach und nach entweder durch das Recht der Erbfolge, oder durch das Recht der Eroberung, mit der Krone vereinigt. Unter allen Königen hatte keiner deren mehrere zusammengebracht, als Carl VII. Nachdem er die Engländer aus Frankreich verjagt hatte, bemächtigte er sich aller von ihnen im Besitz gehabten Länder. Auf diese Art wurde das Ansehen der Könige immer größer, je mehrern Zuwachs ihre Domainen bekamen. Die Gewalt und Freyheiten der Reichsstände wurden hingegen, nach Maaß der erstern, immer kleiner.

Dieses Ansehn der Könige fieng an, uneingeschränkt zu werden, seitdem Carl VII. den Gebrauch der regulirten Kriegsvölker, unter dem Nahmen der Haußtruppen (Compagnies d'ordonnance) eingeführt hatte.

hatte. Sein Sohn Ludwig XI, ein Herr von großer Einsicht und schlauer Verstellung, bevestigte solches durch seine Staatsklugheit und ausgesonnene List, welche nur auf die Erniedrigung der Großen abzielte. Da die Nachfolger dieses Königs fortfuhren, stehende Kriegsvölker zu halten; so wurde die Zusammenberufung der Vasallen unnöthig, und die Lehnsregierung kam in Verfall. Es verursachte aber der Unterhalt dieser Kriegsvölker die Nothwendigkeit der Auflagen, die man vorher nicht kannte. Dazu hatte der Vasall sowohl als der Bauer das Seinige beyzutragen. Da nun in der Folgezeit die Anzahl der Kriegsvölker verstärkt wurde, wurden die Anlagen auch vermehrt und die Einkünfte des Staats von Tag zu Tag beträchtlicher, so daß Frankreich, welches gegen Ende der vorigen Perioden beynahe den Engländern zur Beute geworden wäre, in dieser das mächtigste und vornehmste Königreich in Europa wurde.

Hieraus ergiebt sich, daß die umgestürzte Lehnsverfassung dem Volke mehr lästig als nützlich war, die Macht und Königswürde aber hierdurch großen Zuwachs bekam.

Auf die Kriege gegen die Engländer, welche Frankreich vormals beunruhigt hatten, folgten diejenigen, die in Italien und gegen das Hauß Oesterreich geführt worden. Die erstern nahmen ihren Anfang unter Carl VIII, Ludwigs XI. Sohn. Dieser wollte
die,

bse, durch die aus dem Hause Anjou ihm zugefallene Rechte auf das Königreich Neapel geltend machen und unternahm 1495 jenen berühmten Feldzug nach Italien, dessen Anfang zwar herrlich, das Ende aber unglücklich war, denn er mußte, weil die Franzosen durch ihr übles Betragen die Gunst der Neapolitaner eben so verloren, wie anjetzo die Gunst der Deutschen, das Königreich Neapel so geschwind wieder verlassen, als jetzt die Engländer das occupirte Königreich Corsica werden verlassen müssen. Sein Nachfolger Ludwig XII. fügte den Ansprüchen auf Neapel noch diejenigen bey, die er für sich selbst auf das Herzogthum Mayland, als Urenkel, des ersten Herzogs desselben, Johannes Galeatius, hatte. Diese Ansprüche verursachten unter Ludwig XII. und Franz I. verschiedene Kriege in Italien.

Die Eyfersucht, welche zwischen der Crone Frankreich und dem Hause Oesterreich herrschte, und die daraus erfolgten Kriege fiengen unter Ludwig XI. im Jahr 1477 an, da die reiche Erbschafft der Herzoge von Burgund, bey dem Absterben Carls des Kühnen auf das Hauß Oestreich kam. Unterm Kayser Carl V., dessen überwiegende Macht König Franz I. in Frankreich sehr fühlte, und sogar dessen Gefangener wurde, erfolgten diese Kriege desto häufiger.

Auf diese auswärtigen Kriege folgten innerliche gegen die Hugonotten oder Protestanten in Frankreich.

C Sie

Sie fiengen unter Carl IX. im Jahr 1562 an, und wurden unter seinem Bruder und Nachfolger, Heinrich III. fortgesetzt. Bey den damals verübten unerhörten Grausamkeiten schaudert der Blick jedes Gefühlvollen vorbey, und die Geschichte hat ungern die traurigsten Scenen aufgespart, um die Nachwelt für dergleichen zu warnen, worauf aber die ietzige Revolutionspartey aus Frankreich eben so wenig geachtet hat. Nachdem nun ferner die Bourbonnische Linie, nach Verlöschung der Valesischen, im Jahr 1589 den Thron bestiegen, so bekam alles eine ganz andere Gestalt.

Heinrich IV. der beste unter allen Königen, stellte die Ruhe im Königreich wieder her, und erinnerte die Franzosen, daß sie alle Brüder wären. Das Edict von Nantes, das er im Jahr 1598 ausgehen ließ, gestattete den Protestanten die freye Ausübung ihres Gottesdienstes. Nachdem aber dieser so würdige Fürst, im Jahr 1610 durch Ravaillac ermordet wurde, traten unter seinem Sohn und Nachfolger, Ludwig XIII. die Partheyen wieder zusammen, welchen erst durch die im Jahr 1628 geschehene Eroberung von la Rochelle ein Ende gemacht wurde.

Nun trat nachher vom Jahr 1648 bis 1713 die Periode ein, wo zu Anfang derselben die politische Verfassung Europens ihre Gestalt veränderte. Frankreich, das bisher durch die vereinigte Mächte Europens

pens, und die deutschen Fürsten von seinem Unterliegen gegen das Hauß Oesterreich gerettet war, stieg nun mit Hülfe seiner innern Finanzverwaltung und seines vortrefflichen Ministerii, unter dem Cardinal Richelieu, zu einem sichtbaren Uebergewicht empor. Die Zurücksetzung des Hauses Oesterreich in engere Grenzen, die zu eben der Zeit geschahe, und die durch den Westphälischen Frieden bevestigte Freyheit der deutschen Reichsfürsten, beförderten Frankreichs Unternehmungen, zumalen es durch den Westphälischen und Pyrenäischen Frieden beträchtliche Ländereyen an sich brachte. Kraft des im Jahr 1648 geschlossenen Westphälischen Friedens, wurden die drey Bißthümer Metz, Toul und Verdun, Elsaß und Sundgau dieser Crone abgetreten, dessen Oberherrschafft sich alsdann bis an den Rhein erstreckte. *) Durch den im Jahr 1659 mit Spanien geschlossenen Pyrenäischen Frieden bekam selbige die Grafschafft Roußillon und verschiedene wichtige Städte in den spanischen Niederlanden. **)

Diesen so glücklichen Erfolg hatte Frankreich seinen beyden berühmten Ministern, dem Cardinal Richelieu und Mazarin zu danken. Der erstere legte

*) S. §. 70. 73. 74 und 87 des Münsterischen Friedens, in des Dumont Corps diplomatique Tit. 6 p. 455.

**) S. ebendas. T. 6. p. 264 von §. 35–43.

legte den Grund zu dem Westphälischen, und der andere schloß den Pyrenäischen Frieden, welche beyde Friedensschlüsse desto höher zu schätzen sind, da sie das Gleichgewicht unter den Mächten Europens wieder herstellten.

Mazarin, dieser Günstling der Anna von Oesterreich, Gemahlin Ludwig XIII. von Frankreich, überließ Ludwig XIV. das Königreich Frankreich in dem blühendesten Zustand, zu welchem auch die deutschen Fürsten das ihrige beygetragen hatten. Anstatt daß aber dieser Eroberungssüchtige König ihnen solches hätte verdanken und den Plan Richelieus hätte befolgen sollen, in Erhaltung der deutschen Stände die Sicherheit seines Reichs zu setzen, drang er in das deutsche Reich ein, und verheerte die Pfalz mit Beyspielloser Barbarey, so daß die Fürsten des Augspurgischen Bundes genöthigt waren, ihm den Krieg im Jahr 1688 zu erklären, weil er zuerst das Palladium der deutschen Reichsverfassung, den Westphälischen Frieden, angriff, und Europens Gleichgewicht bedrohte.

Was thut anjetzt das aus dem Glanz der Monarchie in eine Republik zurückgetretene Frankreich? Schon seine erste Constitution nimmt einigen deutschen Fürsten, im stillen Frieden, ihr Eigenthum, ihre Länder, die das Reichs-Oberhaupt schützen muß, wornach

nach die Reichs-Matricul mit eingerichtet ist, und bietet, nach der Macht des Stärkern, für Land und Leute bloße Entschädigung in Geld an. Das Reichs-Oberhaupt nimmt sich, vermöge der Wahl-Capitulation ihrer an; sie verbinden sich mit ihm, ihre angegriffene Rechte zu vertheidigen. Das Kriegs-Glück wendet ihnen aber den Rücken, und das Franken-Volk benutzt jenes so übermüthig, um seine Grenzen bis an den Rhein auszudehnen, will ehender von keinem Frieden hören, raubt viele Millionen aus Deutschland und droht dessen ganze Verfassung umzustoßen. Wird es dabey etwas gewinnen, wenn es einen mächtigen Nachbar, seinen ehemaligen Bundesgenossen verdrängt, um einen andern gleichmächtigen Nachbar an seine Grenzen zu pflanzen? Wenn einst die deutsche Reichs-Verfassung, die zwar, gleich der englischen, eine Verbesserung, aber keinen Umsturz verdient, ihre noch bevorstehende Auflösung wird erlitten — der deutsche Staats-Körper seine Kraft wird verlohren — und der wohlthätige Einfluß so vieler mindermächtigen Reichs-Stände in die Ruhe Deutschlands sich wird gehemmt haben; dann wird die Franken-Republik erst erfahren, was für sie die deutsche Reichs-Verfassung für ein Palladium war, wird sich zu spät an die weisen Grundsätze der ehemaligen Minister und großen Männer ihres Vaterlandes erinnern, wird in den Geschichten der späten Nachwelt die Nahmen ihrer Volks-Vertreter gebrandmarkt lesen,

lesen, und die Republik unter ihren eignen Trümmern begraben erblicken.

Lasset, Franzosen! in Zeiten den Schleyer von euren Augen fallen. Können Euch aber politische Gründe nicht überzeugen; so glaubt nur sicherlich, daß so schnelle und weit getriebene Eroberungen, die alles Gleichgewicht unter den Völkern Europens verdrängen, zwar unter unaufgeklärten Völkern einem Alexander gegen die Perser, und einem Tamerlan in Asien gelingen konnten, nimmermehr aber gegen Nationen, die sich in der Cultur einander gleich sind, die am politischen Scharfsinne und ausgebreiteten Kenntnissen in der Kriegskunst gleichförmig sind, die einen Erz-Herzog Carl von Oesterreich, einen Herzog von Braunschweig, einen Prinz von Coburg und einen Clairfait unter sich hatten, und mit Euren wohlgeübten Generalen sich in der Taktik gemessen haben, dauerhaft bestehen können, und daß die Glücks-Göttin wankelmüthig ist.

Und wenn all diese Betrachtungen Euch nicht auf friedfertigere Gedanken leiten können; so wißt endlich, daß Eure eigne Fehler, Euer Mangel an Subordination unter den Armeen, Euer Blutdurst, Eure Raubsucht und Gefühllosigkeit gegen Menschen-Elend den deutschen Muth, den anfänglich Euer süsser Zauber-Ton eingeschläfert hatte, desto mächtiger anjetzt entflammt haben.

Der

Der deutsche Bauer und Landmann, dem sein Vieh, sein Brod, seine Bekleidung, sein ganzes Eigenthum geraubt ist, der seine Weiber und Töchter vor seinen Augen mußte schänden sehen, fühlt nun seine erlittene Täuschung, sein unüberschliches Elend in voller Maaße, achtet sein Leben für einen traurigen Ueberrest seines Wohlstandes, wird nicht mehr fliehen vor Eurem Wiederkommen, wird sich überall in Maße vereinigen, an die Krafftvollen Heere seines Kaysers sich anschliessen, seinen Räubern ohne Furcht entgegen gehen, und das Trauerspiel noch kraftvoller beginnen, als ihr es schon erlebt und erfahren habt.

Wollt Ihr daher, Franzosen! denen man auf der guten Seite Muth, Tapferkeit und gute Disposition, ohne der Wahrheit Tort zu thun, nicht absprechen kann; Wollt Ihr Eure Grabstätten nicht in Deutschland finden;

So packt in Deutschland ein
und
geht nach London!

II.

II.

Und geht nach London.

Dort, und nicht in Deutschland, habt Ihr Eure wahre, Eure National=Feinde zu suchen, die jetzt mit mehr als feindlicher Wuth auch Deutschlands Handel zerstören.

Hättet ihr die Millionen zu siebenjähriger Unterhaltung Eurer Heere in Deutschland, wo diese gewiß noch ihr Grab finden werden, lieber zu einer nachdrücklichen Landung in England angewendet, so wäre vielleicht nun schon das Schicksal Eurer Republik entschieden, und der mörderische Krieg längst geendet. Die unermeßlichen Schätze beyder Indien fließen in London zusammen. In China gewinnt die englische Handlung mehr als irgend eine andere europäische Macht. Englands Flaggen wehen in allen Meeren mit einer unstrittigen Uebermacht vom Magellanischen Meerbusen bis zur Hudsons=Bey; Das Süd=Meer beherrschen sie ausschließlich, und selbst auf die Staaten der Barbarey, Algier und Marocco hat England einen überwiegenden Einfluß. Wer will es also widersprechen, daß England in diesem Krieg mit Frankreich den letzten Thaler in der Hand behalten wird? Und wer diesen Vortheil vor sich hat, der hat gewiß auch den Sieg in Händen. Wenn daher die

franzö=

französische Republik ihrem geschwornen Feinde einen Vortheil abgewinnen will; so kann es, bey ihrer in allen Theilen geschwächten Marine, nicht zur See geschehen, sondern sie muß eine Landung in Engelland wagen. Sie muß aber lebhaft genug angefangen werden, wenn sie gelingen soll. Die Engländer wissen auf dem vesten Lande nicht so gut zu fechten, wie zur See. Sie suchen ihre ganze Sicherheit in ihrer insularischen Laage und in ihren Flotten. Sehen sie sich aber zu Land angegriffen, so fällt ihnen, aus eben diesem Bewußtseyn ihrer Schwäche schon der Muth, und sie sind für die Rettung ihrer Schätze besorgt. Der Angriff muß aber gerade auf ihre Haupt-Stadt geschehen, denn 1) besteht der größte Theil ihres Reichthums in Papieren. Ist aber einmal ihre Hauptstadt überwältigt, dann fällt sogleich der Credit ihrer Papiere, dann fehlen die Mittel, die Armeen zu erhalten, und Magazine anzulegen, und aller Handel stockt auf einmal. Hiernächst theilt 2) sich jetzt bekanntlich diese Hauptstadt in zwey Parthien, und die Gährung unter dem Volk ist daselbst, so wie in Irland, auf das höchste gestiegen, mithin würde auch dieser wichtige Umstand eine Landung in Engelland begünstigen.

Zwar ist bekannt, daß der Engländer dazu nur lacht, wenn von einer feindlichen Landung auf seinen Küsten die Rede ist. Allein was nöthigte denn die

Engländer, den Frieden zu Breda im Jahr 1667. zu unterzeichnen, als, weil die Holländer, angeführt von ihren geschickten und kühnen Admiralen, einem Tromp und einem Ruyter, in eben diesem Jahre mit ihrer Flotte in die Themse einliefen, bis nach Chattam schifften, alle englische Schiffe, so sie daselbst auf der Rhede antrafen, verbrannten und ganz London dadurch in Furcht und Schrecken setzten. Wie wäre es also wohl möglich, anjetzt auch eine Landung in Engelland mit der größten Wahrscheinlichkeit eines guten Erfolgs zu wagen?

Dieses haben schon längst selbst französische Schriftsteller *) von großer Erfahrung vorgeschlagen und aufgezeichnet.

Es ist aber hier eigentlich nicht die Rede von einem See-Treffen; sondern von dem Einschiffen, dem Anlanden, und dem Ausschiffen der Land-Truppen, die einer gewissen Unternehmung halber über Meer geschickt werden. Dergleichen Unternehmungen sind bekanntlich mit vielen Schwierigkeiten verbunden, und alle Maaßregeln darzu vorher wohl zu nehmen, ehe man sich einschiffet; denn wenn einmal die Sache angefangen ist; so läßt sich alsdann nicht mehr halt machen, oder wohl gar umkehren, um dasjenige nachzuhohlen, was etwa noch fehlen sollte.

Jene

---

*) M. G. v. S. l'art de la guerre.

Jene Schriftsteller von Erfahrung setzen dabey folgende Vorsichts-Regeln voraus:

I. Schon beym Entwurf dieser Art von Unternehmungen muß man jederzeit sein Augenmerk auf die Absicht nehmen, die man erreichen will: ob man nämlich das Land, wo man eine Landung thun will, zu behaupten, oder ob man nur die Magazine und Schiffswerfte des Feindes zu verderben gedenket.

Die Generale, so dergleichen Unternehmungen ausführen sollen, müssen sich um die Gegenden, wo gelandet und nicht gelandet werden kann, wie auch um die Tiefe des Meeres in diesen Gegenden bekümmern; sie müssen die Maaßregeln wissen, welche der Feind nehmen könnte, sich der Landung zu widersetzen; sie müssen die Vortheile und Nachtheile bey einer glücklich ausfallenden oder fehlschlagenden Landung vorher zusammen vergleichen; sie müssen sich in Verfertigung des Entwurfs nach der Stärke ihrer Flotte, nach der vorräthigen Anzahl von Transport- und eigentlich zur Landung dienenden Schiffen, und nach den vorhandenen Kriegs- und Mundbedürfnißen richten.

II. Wenn alles dieses bestimmt und angeordnet ist, so wird alles eingeschifft, und die Flotte segelt ab, sobald der Wind günstig ist. Die Fregatten, welche mit den leichten Truppen einer Landarmee zu vergleichen

chen sind, schwärmen auf allen Seiten um die Flotte herum, um Kundschaft einzuziehen. Eine gewiße Anzahl von Schiffen macht den Vortrab, eine andere den Nachtrab; die gesammte Flotte aber richtet sich nach dem Admiralsschiff, von welchem, durch gewiße vorher abgeredete Signale, die nöthige Befehle ertheilt werden.

Nach der Größe der Flotte wird solche in zwey oder drey Geschwader abgetheilt, und die Kriegsschiffe segeln in solcher Ordnung, daß durch sie ein Viereck bestimmt wird, innerhalb welchem sich die Transportschiffe befinden.

Stößt man unterwegs auf den Feind, und dieser wird Sieger, alsdenn ist die ganze Unternehmung geendet.

III. Ist aber die Ueberfarth glücklich, so wirft man bey der Ankunft an Ort und Stelle den Anker aus, und macht die gehörigen Zubereitungen zur Landung, wobey folgende Punkte zu bemerken vorkommen:

1) Man muß iederzeit niedrige Gegenden aussuchen, wo man an das Land steigen will, und besonders kothigte und steile Ufer vermeiden, denn ie beßer das Ufer ist, desto weniger Schwierigkeit hat man, und desto beßer kann man die an das Land gesetzte Truppen durch die Batterien von den Kriegsschiffen vertheidigen. Inzwischen ist

ist dieser Fall sehr selten, und man hat also anzunehmen, daß eine Armee von 20,000 Mann an das Land steigen soll und zwar außer dem Kanonenschuß ihrer Flotte.

2) Auf jedem der Transportschiffe, auf welche die Landtruppen nach Verhältniß ihrer Größe vertheilt sind, befinden sich allemal etliche kleine Kähne, mit welchen die Truppen an das Land gesetzt werden sollen. Zum Beyspiel; ein Transportschiff von dreyhundert Tonnen, auf welchem sich zweyhundert Menschen befinden, bekommt vier dergleichen Kähne, die auf dem Schiff in einander gestellt werden, damit sie nicht zu viel Platz wegnehmen. Ein solcher Kahn darf nicht mehr, als zwölf, höchstens funfzehn Menschen in sich faßen, und vierhundert von denselben sind hinreichend, eine Armee von zwanzig tausend Mann an das Land zu setzen, besonders, da man die auf den Kriegsschiffen befindliche große Boote zu diesem Behuf mit brauchen kann.

3. Wenn nun der Befehl zum Aufbruch und zur Landung gegeben wird; so müßen alle Fregatten und alle Kriegsschaluppen so nahe an das Ufer fahren, als möglich ist, damit sie durch ihr Feuer den am Ufer stehenden Feind etwas vertreiben. Wenn das Meer nicht tief genug ist, und also die Schiffe nicht nahe genug anrücken können, so nimmt man etliche von
den

den kleinen Landungskähnen, verbindet dieselben sehr fest zusammen und macht aus ihnen, vermittelst darüber gelegter starker Bohlen, ein plattes Fahrzeug, auf welches man ein schweres Batteriestück stellt. Diese platten Fahrzeuge werden alsdenn sehr nahe an das Ufer gebracht, daselbst befestigt, und man macht auf demselben eine Bedeckung von Wollsäcken, damit die Constabler nicht zu bloß stehen. Hierauf rücken also die Transportschiffe an, werfen Anker, und lassen die Landungskähne ins Wasser.

4. Fünfzig von diesen Kähnen müssen besonders dergestalt verfertigt seyn, daß sich auf denselben eine drey bis vierpfündige Kanone mit allem Zubehör und drey bis vier Menschen zu ihrer Bedienung befinden können. Diese Kähne werden nebst den Kähnen, auf welcher der Vortrab ist, in der ersten Linie gestellt. Der Vortrab müßte in diesem Fall ohngefähr 6000 Mann ausmachen, und alsdenn folgen nach und nach die übrigen Truppen.

5. Wenn der Vortrab starken Widerstand findet, so muß man sich zugleich, unter Bedeckung der Batterien, auf den platten Fahrzeugen verschanzen. Und hier, scheint es, daß die spanischen Reuter und die Erdsäcke einen ungemeinen Vortheil bringen würden. Man müßte daher auf jeden Kahn einen spanischen Reuter und eine verhältnißmäßige Anzahl von Säcken mitnehmen, welche man sogleich bei der Ankunft auf

dem

dem Lande mit Erde anfüllte, und daraus die Verschanzung erbaute.

6. Wenn man auch an das Land steigen sollte, ohne Widerstand zu finden; so muß man doch Redouten und Schanzen aufwerfen und dieselben mit vielem und schweren Geschüz besetzen, denn man kann nicht wißen, ob man nicht genöthigt seyn wird, sich eher wieder einzuschiffen, als man gedacht hat. Hätte man nun nicht für die Sicherheit des Zurückzugs und für die Sicherheit der Einschiffung gesorgt, was für Unordnung würde alsdenn nicht entstehen?

7. Will man sich in einem Lande, wo man die Truppen ausgesetzt hat, behaupten; so muß die erste Sorgfalt dahin gehen, sich Meister von einem guten Hafen zu machen.

Aus der Geschichte ist nicht unbekannt, wie verschiedene Generale im Alterthum alle ihre Schiffe nach geschehener Landung haben verbrennen laßen, um ihren Soldaten auch sogar die Möglichkeit eines Zurückzugs zu benehmen, und ihre Armee in die Nothwendigkeit zu setzen, entweder zu sterben, oder zu siegen; allein dieß schickt sich nur für Waghälse, die auf einmal alles aufs Spiel setzen. Die wahre Tapferkeit befindet sich nur bey freyen Menschen, die in ihrem Verhalten von der Ehre und dem Ruhm bestimmt werden. Truppen, die man in eine unvermeydliche Noth-

wen-

wendigkeit, zu siegen oder zu sterben; setzet, werden entweder furchtsam, oder fechten als Verzweifelte, man kann sie nicht im Zaum halten, wenn sie Ueberwinder worden; sie ergreifen die erste vorkommende Gelegenheit, fortzulaufen, und man kann auf ihre Treue niemals sichern Staat machen.

Um nun alle diese vorausgeschickte Grundsätze und Vorsichtsregeln in einem besondern Beyspiel anzuwenden; So folgt nun ein

Entwurf

Wie Frankreich eine Landung in England unternehmen könnte.

Zu dieser Unternehmung würden zweyhundert Schiffe hinlänglich seyn. Nur kommt alles auf deren Bau, und dessen Beschleunigung an, so, daß man in 12. bis 15. Monaten damit fertig würde.

Es ist ferner hierbey voraus zu setzen, daß Frankreich in seinen Kriegen sein Augenmerk lediglich auf Engelland — mit allen Europäischen Mächten aber Friede haben müste.

Ueberhaupt wäre es besser, daß die Franzosen den Engländern alle ihre dermalige Besitzungen in Amerika und das ganze Meer überließen, als daß sie sich durch die erstaunlichen Unkosten, die sie auf die Behauptung ihrer Amerikanischen Länder verwenden,

ganz

gänz zu Grunde richten. Wollte man alle die Ausgaben zusammen rechnen, die von den Franzosen in den ehemaligen Kriegen, besonders in dem vom Jahr 1755. bis 1762. in dieser Absicht gemacht worden, so würde man finden, daß iedes Pfund Zucker den Franzosen einen Louisd'or, und iedes Fuchsfell aus Canada hundert Louisd'or zu stehen gekommen.

Würde es nun nicht besser seyn, sich um alle englische noch übrige Besitzungen in Amerika gar nicht zu bekümmern, und alle seine Kräfte blos gegen England selbst zu wenden? Ergriff man diese Parthie, so ist sehr wahrscheinlich, daß die Eroberung von London den Franzosen den anderweit erlittenen Verlust hundertfach ersetzt hätte. Dieß vorausgesetzt, so wird behauptet, daß die Franzosen zu dieser Unternehmung auf London keine Schiffe von der Linie, ia auch sogar keine Fregatten, die über 30. Kanonen am Bord haben, brauchten.

Es dürfen vielmehr nur zweyhundert nachbeschriebener Schiffe erbaut werden, und vermittelst derselben würde man, wie bewiesen werden soll, seine Absicht fast zuverläßig erreichen. Die Beschaffenheit der Schiffe wird aus Bemerkung folgender Punkte erhellen:

1) das Schiff muß im Kiele etwas über hundert Schuh lang, und in der größten Ausbauchung vierzig Schuh breit seyn. Auf iedes Schiff kom-

men zwanzig vier und zwanzigpfündige Kanonen; es können drey bis vierhundert Soldaten darinnen sich befinden, und dreyßig Matrosen sind hinreichend, daßelbe zu regieren.

2) Das Schiff erfodert höchstens eine Tiefe von zwölf Schuh im Waßer; das Verdeck des untersten Raumes ist zehen Fuß über dem Kiel erhaben, und das zweyte Verdeck ist sechs Schuh über diesem niedrigsten. Zwischen diesen beyden Verdecken sind in iede Seite des Schiffes zehn Löcher eingeschnitten, wodurch drey bis vier Zoll starke Ruder gesteckt werden. Diese Löcher stehen vier Fuß von dem niedrigsten, und zwey Fuß von dem zweyten Verdeck ab, dergestalt, daß die Soldaten stehend rudern können, wenn es erfodert wird. Auch können diese Löcher zu Stückpforten für kleine Falkonets, welche ein Pfund schwere bleyerne Kugeln schießen, dienen; und wenn man rudern will, so setzt man die Falkonets an die Seite. Die große Batterie ist aber über dem zweyten Verdeck.

3) Ueber dem zweyten Verdeck ist das Schiff noch sechs Schuh hoch, und in dieser Höhe wird es durch ein neues Verdeck bedeckt, iedoch ist dieses oberste Verdeck nicht durchgehend, sondern erstreckt sich auf allen Seiten nur fünf Schuh in das Schiff.

An

An diesem Verdeck werden hinten grobe Matratzen frey angehängt, welche die Kanonen von hinten verdecken, und den Zurücklauf derselben doch nicht verwehren.

Zwischen die Stückpforten werden, in der Höhe von vier Fuß, Schießlöcher für die Flinten angebracht, damit die Soldaten bedeckt stehen, und dem Flintenfeuer von den feindlichen Schiffen, die natürlicherweise weit höher sind, nicht so ausgesetzt werden. Auch wäre es gut, wenn man das ganze Schiff, so weit es über dem Waßer steht, mit schlechten und einen halben Schuh dicken Matratzen bedecken — und dadurch die Gewalt der feindlichen Kanonenkugeln vermindern würde.

Gesetzt nun, daß man zweyhundert Schiffe von dieser Art hätte, und daß man iedes mit vierhundert Soldaten und dreyßig Matrosen besetzte; so würden auf diesen zweyhundert Schiffen achtzigtausend Soldaten und sechstausend Matrosen fortgebracht werden. Der Soldat würde zwar nicht viel Bequemlichkeit haben;

Da aber die Ueberfarth von Frankreich nach England nicht lange dauert; so müßten sich die Soldaten schon etliche Stunden oder Tage zu behelfen suchen. Man müßte zuvörderst guten Wind abwarten, um unter Segel zu gehen, oder man könnte auch vermittelst der Ruder über den Kanal setzen.

Unterweilen wehet ein Wind, der gut ist, aus Frankreich nach England zu kommen, der aber den engländischen Schiffen so widrig ist, daß sie aus ihren Hafen nicht außlaufen können. Bediente man sich nun eines solchen Windes, so würde man von allen Flotten der Engländer nichts zu befürchten haben.

Um aber alle Fälle zu untersuchen, so nehme man an, daß die französische Schiffe einer englischen Flotte von vierzig bis funfzig Schiffen von der Linie begegneten. In diesem Fall laßen sich diejenigen Schiffe mit dem Feind in ein Gefecht ein, welche auf ihn stoßen; die übrigen segeln oder rudern ihren Weg immer weiter fort; sie fechten überhaupt nicht anders, als im Zurückziehen; sie fahren gerade auf die engländischen Küsten los, und laufen auf dem Strand, weil sie wißen, daß die großen Schiffe ihnen ohne ihren unvermeydlichen Untergang gar nicht nachfolgen können.

Und gesetzt, daß die feindliche Flotte zwanzig bis dreyßig von diesen französischen Schiffen wegnehmen sollten; so wird die feindliche Flotte sich doch dabey einige Zeit verweilet haben, und die übrigen Schiffe kommen also doch an solchen Orten an, wohin große Schiffe sich nicht wagen dürfen.

Sind

Sind nun iene Schiffe bey der Küste angekommen; so wird sogleich die Landung nach den oben angezeigten Regeln vorgenommen. Auf iedem Schiff befinden sich zu diesem Behuf drey von den oben beschriebenen Landungskähnen. Auf iedem Schiff ist überdem alles, was die Soldaten bey der Landung brauchen, ia sogar sind die Pferde der Reuterey auf allen Schiffen vertheilet, damit nicht etwa der Verlust eines Theils der Flotte, auf welchem sich zum Beyspiel alle Pferde oder alle Kriegsbedürfniße befunden hätten, einen schlechten Ausgang der ganzen Unternehmung unvermeydlich mache.

Könnte man alle diese 200 Schiffe noch durch eine besondere Flotte von Linienschiffen, die sich mit der feindlichen in ein Gefecht einließe, begleiten laßen, so wäre es desto beßer, denn während dieses Seetreffens könnten sich die 200 Schiffe desto geschloßener und sicherer an die Küsten wagen; doch ist eine solche Begleitung von Linienschiffen nicht einmal nöthig.

Vielleicht entsteht hierbey die Frage:

Wo man eigentlich in England landen solle?

Ueber die Antwort darf man nicht verlegen seyn, denn mit diesen vorbeschriebenen Schiffen, weil sie nur zwölf Fuß Waßer brauchen, kann man fast überall landen. Man könnte

könnte die Gegend von Douvres, von Harwich, von Bristol, oder auch den Ausfluß der Themse erwählen.

Die einzige Absicht bleibe nur dahin gerichtet, gerade nach London zu marschieren, und dieser Zweck wird nicht schwer zu erreichen seyn, weil man keine einzige wichtige Vestung findet, welche aufhalten könnte. Von dem Ausfluß der Themse hat eine Armee zwey bis drey Märsche nach London; bemächtigt man sich nun alsbald der Ufer dieses Stroms, wozu auch das Bajonet gute Dienste beym Auslanden leisten wird; so könnte man die Schiffe bis Gravesand heraufkommen laßen, und von da bis London sind nur zwey bis drey deutsche Meilen.

NB. Man müßte aber auf den Schiffen hunderttausend Bomben und Feuerkugeln nebst den nöthigen Mörsern, sie zu werfen, mitbringen. Und sobald man an das Land gestiegen wäre, müßte man alle Menschen, Pferde und Ochsen auf der ganzen Gegend zusammen treiben, um Mörser und Bomben fortziehen und forttragen zu laßen.

Auch müste ein Observationskorps dem Belagerungskorps den Rücken frey halten, wenn etwa der in Masse auftretende englische Landmann dabey sein Glück versuchen wollte; wie sichs denn ohnedem versteht, daß bey denienigen am Ufer zurückbleibenden Schiffen eine hinlängliche Bedeckung sie gegen allen Ueberfall sichern müste.

Vor

Vor Schluß dieser Abhandlung sind noch zwey Fragen zu beantworten übrig:

1) Wie kann die Erbauung dieser Schiffe in Frankreich geschehen?

Antwort: Holz ist genug darzu in Frankreich selbst noch vorhanden, besonders Eichenholz, welches bekanntlich das beste Holz ist. Was die Mastbäume betrifft, so weiß man wohl, daß die zusammengesetzten noch beßer sind, als diejenigen, so aus einem Stück bestehen. Und überdem braucht man zu diesen Schiffen nur mittelmäßige Mastbäume. Die größte Schwierigkeit würde darin bestehen, sie geschwind genug von den Waldungen bis zu den Schiffswerften zu bringen. Man würde aber dazu doch schon Rath finden, wenn man die Sache mit Ernst angriffe, und sollten auch die den Waldungen am nächsten liegende Provinzen dazu mit ihren Geschirren aufgeboten werden.

Wenn das Holz gefället; so müßte es sobald ausgetrocknet werden, daß man daßelbe in sechs Wochen verarbeiten könnte. Um nun dieses zu bewerkstelligen, so müste man in der Gegend, wo das Holz gefällt wäre, große Graben ziehen, und diese Graben mit Reyßig und schwachem Holz anfüllen, hierauf dieses anzünden, und, wenn alles zu Kohlen verbrannt wäre, alsdenn das auszutrocknende Schiffholz darüber legen.

legen. Dies könnte so oft als nöthig wiederholt werden. Ueber die Kohlen müste man zart gesiebte Erde oder Sand schütten, damit die Hitze nicht allzustark wäre, weil sonst das Bauholz springen und sich werfen würde. Das Holz muß vielmehr nach und nach erhitzet, fein oft herumgedrehet, und solang in dieser Wärme gelaßen werden, bis alle Feuchtigkeit sich herausgezogen hat. Die Erfahrung hat gelehrt, daß dergleichen ausgetrocknetes Holz beßer und dauerhafter ist, als Holz, welches drey bis vier Jahr in den Magazinen aufgehoben ist.

Hätte man nun vier Werffte; so könnte man sehr füglich bey gehörig angewendeten Fleiß alle Woche vier Schiffe vom Stapel laufen laßen, und also würden die erforderliche zweyhundert Schiffe in Zeit von einem Jahre erbauet seyn.

2) Wie und woher? das nöthige Geld in Frankreich hierzu aufzubringen seyn möchte?

Antwort: Ein solches Schiff würde ohngefehr hundert tausend Thaler kosten, folglich würde die Erbauung von zweyhundert Schiffen eine Ausgabe von zwanzig Millionen erfordern.

Dermalen kann diese Frage in Frankreich nicht schwer zu beantworten seyn, dann Deutschland hat allein

allein schon an geraubten Geldern zwischen zwey und dreyhundert Millionen hergeben müßen. Sollten aber auch diese in Frankreich schon vergeudet seyn; so müßte das ganze Land ohngefähr nach folgenden Vorschlag das Seinige beytragen:

Ich rechne in der ganzen Republik wenigstens Zehen Millionen steuerbare Menschen. Wenn nun ieder von diesen, eines in das andere gerechnet, zwey Thaler Extrasteuer dazu beytrüge; so wäre die ganze Summe beysammen.

Wollte man aber, wie billig, alle Classen der Landeseinwohner hierin zur Mitleydenheit ziehen; so fallen zwar ietzt die aufgehobene reiche Klöster und Prälaturen samt den Ritterguthsbesitzern weg, weil sie alle in Frankreich nicht mehr existiren. Dagegen würde also ein ieder Kopf nach seinem Vermögen, so er iährlich zu verzehren hätte, iedoch mit Rücksicht auf die Anzahl von Menschen, die er davon unterhalten muß, geschätzt werden. Zum Beyspiel: eine Haushaltung von vier Personen, die zweyhundert Thaler iährliche Einkünfte hätte, gäbe für ieden Kopf einen Groschen. Eine Haushaltung von zwey Personen, die eben diese Einkünfte hätte, gäbe sechs Groschen. Und eine ledige Person, die zweyhundert Thaler zu verzehren hätte, gäbe einen Thaler. Ferner: Eine Haushaltung von vier Personen, deren Einkünfte in vierhundert Thalern bestünden, gäbe

sechs

sechs Groschen; eine Haushaltung von zwey Persohnen mit eben diesen Einkünften, gäbe einen Thaler; und eine ledige Person mit diesen Einkünften gäbe vier Thaler. Eine einzelne Person, so tausend Thaler zu verzehren hätte, gäbe sechzehn Thaler. Wer viertausend Thaler zu verzehren hätte, gäbe zwey hundert zu dieser Steuer, und so weiter.

Auf diese Weise würden diese Zwanzig Millionen, und wenn es auch noch einige Millionen mehr kosten sollte, in Frankreich leicht beyzuschaffen, und durch die englischen Guineen eben so leicht wieder zu ersetzen seyn.

Dies würde aber bey der französischen Landung in England, wenn solche nach Wunsch erfolgen soll, eine Hauptbedingung seyn, nicht ihre Revolutionsgrundsätze und Verfassung den Brüten aufzudringen, sich nicht in die wohlthätige brittische Constitution zu mischen, die Königswürde und dessen königliche Familie zu respectiren, keine Rebellen, weder in England, Schottland, noch Irrland zu unterstützen, nicht die Regierungsform in England umzuändern, sondern die etwaige Verbesserung aller Fehler in derselben blos der Brittischen Nation allein zu überlassen, dabey zu bedenken, daß man es mit einer großmüthigen Nation zu thun habe, von welcher sich die ambitieusen Franzosen nicht dürfen in der Großmuth übertreffen lassen, sondern, der Menschlichkeit zur Ehre, ihre in Deutschland hand begangene Fehler wieder gut machen, der Unschuldigen und Unbewaffneten schonen, dem brittischen Unterthan sein Eigenthum lassen — ihre Requisitionen nach der Billigkeit einschränken und solche bloß von der Obrigkeit iedes Orts fodern, nichts rauben, plündern noch verheeren — Das brittische Land nicht als ein Land, das sie ewig behalten wollen, betrachten — sondern sich nur damit begnügen müssen, die Brittische Arsenäle und Schiffswerffte zu zerstören und die englische Marine so einzuschränken, daß sie nicht mehr ihre bisherge Uebermacht so mißbrauchen — noch ihren Monopolhandel fortsetzen kann.

Zwar wird Großbrittannien immer, neben Frankreich, eine handelnde Macht bleiben und von den Europäischen Mächten in so weit unterstützt werden müssen, daß sie, so wenig wie Frankreich, ganz unterliege. Nur muß vorjetzt Einhalt geschehen, daß keine Seemacht einen Alleinhandel treibe, noch den Handel des europäischen Continents ungebührlich belästige.

Von diesem Brittischen Joch muß sich Deutschland loswinden, und dazu können die Franzosen durch eine wohlgeordnete Landung in England das meiste beytragen, um Großbrittannien zu einen honorablen Frieden zu nöthigen.

Ist dieser Zweck erreicht, und eine solche verbindliche Abrede getroffen, daß auf allen Meeren und Flüs-

sen,

sen, die Schelde nicht ausgenommen, freyer Handel und freye Schiffarth gestattet seyn soll, dann würden die Grentzen der Feindseeligkeit überschritten seyn, wenn die Franzosen, ohne einen Fingerbreit von Englands Grentzen zu behalten, nicht friedlich wieder heimkehren, und innerhalb ihres Landes das Glück des Friedens ruhig genießen wollten.

Vorjetzo sage ich aber noch:

Franzosen! packt in Deutschland ein, und geht nach London!

Befolgt Ihr diesen Anrath Eurer eignen Schrifftsteller nicht, die Ihr scheinet vergessen zu haben; so helffen Euch alle Eroberungen in Deutschland nichts. England allein wird auf dem Kriegstheater gegen Euch kämpfen, wird, trotz Euren ietzigen Verbindungen mit Spanien und Holland, den Meister zur See spielen, und wird Euch die traurige Nothwendigkeit lehren, die ich gleich zu Anfang dieses Kriegs prophezeyt habe, nämlich diesen Krieg zur See zu endigen. Entschließt Euch daher bald darzu; endigt den Krieg auf dem festen Lande, und versucht Euer Heil auf der See; verbindet aber damit das Project einer Landung in England, denn dieser Krieg zwischen England und Frankreich ist nun einmal auf Leben und Tod angefangen, und wird sich nicht eher enden, als bis eine von beyden Marinen vernichtet ist.

Leset

Leset hierüber, was einer Eurer eifrigsten An=
hänger *) im dritten Jahr Eurer Republik davon
schrieb, und wie einförmig und einverstanden wir mit
einander in unsern Urtheilen stimmen. Er sagt:

„La constitution republicaire de France ne peut
„s'etablir que sur la ruine du gouvernement d'Ang-
„leterre; telle est la necessité terrible du moment,
„la nature imperieuse des circonstantes actuelles.
„Il faut que l'Angleterre devienne Republique pour
„que la France puisse être sûre d'elle, ou que la
„France redevienne Monarchie pour que l'Angleter-
„re soit en sûreté; il n'-y-a point de milieu, et
„tel parti mitoyen que l'on voudroit prendre, ne
„seroit que couvrir de cendres un feu mal eteint,
„et repandre plus de sang. — — — — Il
„conviendra de recherches cequi arri-
„veroit pour la guerre de terre, dans
„le cas ou le théatre en seroittranspor-
„té dans l'Isle de la Grande Bretagne;
„car la France, n'ayant à se defendre que d'un
„côte dans le Continent, pourra employer
„ses forces à faire une invasion. — —
„La France peut combiner avec la guerre maritime
„le projet d'une invasion et porter la
„guerre dans le coeur du pays ennemi
L'energie

*) Theremin des interêts des Puissances continen=
tales.

„— — — — L' energie seule qui l' a fait tri-
„ompher de l' Europe, peut la faire triompher com-
„plettement de l' Angleterre; et rien n' est fait, si la
„puissance Anglaise n' est detruite. — — — —
„Ie Vous le dis encore: Vous aurez la guerre tant
„que vos deux gouvernements ne se ressembleront
„pas, et elle ne peut finir que par la chûte du gou-
„vernement Anglais, ou du vôtre."

Der englischen Nation ist anietzt natürlich alles dáran gelegen, die französische Marine in ihrer ietzigen Ohnmacht zu erhalten, um mittelst den Alleinhandel aus allen vier Welttheilen an sich zu ziehen, mithin den ganzen Continent in Contribution zu setzen.

Da nun Frankreich, wenn es auch mit den spanischen und holländischen Flotten sich vereinigt, der englischen Uebermacht zur See keinen Hauptvortheil abgewinnen kann, indem entweder die englischen Flotten, so lang sie den vereinigten französischen, spanischen und holländischen Flotten nicht eine gleiche Anzahl an Schiffen entgegen setzen können, einem Seegefechte ausweichen, oder wenn sie auch sich einlassen und geschlagen werden sollten, durch eine, zwey und drey verlorne Seeschlachten noch nicht unterliegen werden; So bleibt gar kein ander Mittel übrig, als zugleich eine Landung an den Englischen Küsten damit zu verbinden, und zwar nicht in den Nebstprovinzen Englands, sondern der Angriff muß gerade

rede aufs Herz von Engelland, auf London, gerichtet werden, wovon man sich, wenn nach obigem Plan gearbeitet wird, den herrlichsten Erfolg zu versprechen hat.

Der erst erwehnte Schriftsteller Theremin behauptet solches S. 110 auch mit noch mehrern Gründen, die ich hierübergehen — und ieden Leser dorthin verweisen will.

Es gehe nun wie es wolle, so ist das Ende dieses verheerenden Kriegs nicht in Deutschland, sondern in England zu suchen, und auf der See abzuwarten.

Denn ohnmöglich kann England geschehen lassen, daß Belgien, und besonders Flandern, in französischen Händen bleibe. Und wenn dieses von Frankreich nicht zur Grundlage des Friedens angenommen werden will; so geht der Krieg so lange fort, bis eine oder die andere dieser beyden Seemächte, England oder Frankreich, in Ohnmacht unterliegt. Auf iede andere Bedingung kann auch unmöglich ein **dauerhafter** Friede zu Stande kommen.

Verwahrung.

Vielleicht möchte man mir vorwerfen, daß es von mir nicht patriotisch gedacht sey, den Franzosen gleichsam den Weg nach England zu zeigen; da doch England bisher seinen deutschen Alliirten so kräftig und treulich gegen den Erbfeind der Deutschen, gegen die Franzosen, beygestanden habe.

Allein

Allein! eines theils bin ich nicht der erste und der einzige, der den Vorschlag zu einer Landung in England thut, sondern ich bringe ihn nur aus dem angezeigten französischen Schrifftsteller der französischen Nation wieder in Erinnerung; *) andern theils habe ich die patriotische Absicht, den ietzigen verheerenden Krieg dadurch auf fremden Boden, aus Deutschland weg, zu verpflanzen, weil sonst dessen Ende nicht abzusehen ist.

Daß ich ihn aber iust nach England hin complimentiren will, dazu habe ich folgende trifftige Ursachen, die mich gegen allen Vorwurf vollkommen rechtfertigen werden:

1) weil dieser Krieg ohnedem nirgends anders als auf englischen Grund und Boden geendet werden kann, wenn der Friede dauerhafft seyn soll, denn keine andere europäische Macht ist so sehr dabey interessirt, als England, welches durchaus nicht zugeben kann, daß Holland und die Niederlande in Frankreichs Händen bleiben können, sollten auch alle andere europäische Mächte am Ende aus Ohnmacht darein willigen. Dieses ist daher auch die Ursach, warum England diesen so ansehnliche Subsidien und Anleihen giebt.

2) weil England, durch seinen ietzigen Monopol Handel, ganz Europa bedrückt und der ärgste Feind gegen

*) Erst neuerlich hat der französische Contre-Admiral Kerquelen in seiner
  Relation des combats et des evénemens de la guerre maritime de 1778. entre la France et l'Angleterre etc. Paris, Patois et Gilbert.
die ich aber noch nicht gelesen habe, einen Landungsplan auf der englischen Küste angegeben, den er für unfehlbar

gegen Deutschland ist, und künftig bleiben würde, wenn es diese alleinige Uebermacht zur See behaupten sollte. Denn wenn gleich die Franzosen mit Gewalt und durch das Recht der Waffen Deutschland um mehrere hundert Millionen ärmer gemacht haben, so ist es doch lange nicht so viel, als England bisher an allen Bedürfnissen, so Deutschland über das Meer kommen lassen muß, gewonnen — und um so viel also Deutschland ärmer gemacht hat, und noch ferner machen wird, so lange kein allgemeines Seevölkerrecht ihrer mercantilischen Gewinnsucht Grenzen setzt. Bloß der Drang der Umstände setzt England in solche Vortheile. Wo ist ein ander Recht, welches England den alleinigen Zwang des Handels in allen 4 Welttheilen zuspricht? Es ist ein eisernes Szepter, womit England die armen Deutschen bedroht. Diese Zuchtruthe muß ihm aus den Händen gewunden werden, sonst verfällt Deutschland in eine ärgere Dienstbarkeit, als die Egyptische der Juden war. Es ist von der Klugheit und Wachsamkeit unserer deutschen Fürsten ohnedem zu erwarten, daß diese die würksamsten Mittel dagegen ergreifen werden.

3) Und da ich übrigens gewohnt bin, jede Handlung in ihrem wahren Lichte aufzustellen, das heißt, ihre Ursachen und Bewegungsgründe aufzusuchen;

E

zusuchen; so würde ich (denjenigen für kurzsich=
tig halten, der mich überreden wollte, daß Eng=
land seine ietzige Alliirte nur darum so unterstü=
tze, um ein Uebermaaß von Bundestreue darzu=
bringen. Der mercantilische Character, der nicht
viel Gold um ein Ey giebt, ist mit dem Chara=
cter der englischen Nation so genau verwebt, daß
man allerdings zur Aufmerksamkeit und zur Fra=
ge veranlaßt wird: Warum läßt sichs England
so viel kosten, um seine Alliirte gegen Frankreich
in thätiger Würksamkeit zu erhalten? Dieses
bleibt nicht lang ein Räthsel, sobald man bedenkt,
daß die Handlungen ganzer Staaten nicht aus
moralischen — sondern aus politischen Grundsä=
tzen zu erklären sind.

Nun besteht aber Englands Pollitik darinn, die
Mächte des festen Landes stets in Uneinigkeit und Krie=
gen zu erhalten, um desto ungestöhrter seine Hand=
lungsvortheile zur See zu vergrößern, worinn es kei=
nen Nebenbuhler dulden will. Noch aus iedem Kriege
auf dem Continent hat England seinen Nutzen zu zie=
hen gewußt, ausgenommen den Americanischen Krieg,
weil damals die im Weg getretene bewaffnete Neutra=
lität zur See einen großen Strich durch die Rechnung
machte.

An England findet keine europäische Macht ehen=
der einen Bundsgenossen, als bis es seine Handlungs=
vortheile

vortheile berechnet hat. Nur in der Handlung besteht Englands ganze Existenz. Weder das Gleichgewicht in Europa, noch Blutsfreundschaft, noch Vorliebe für den Unterdrückten kann England iemals zu einem Bündniß bewegen, dafern nicht erst die Handlungsvortheile mit in der Wagschaale liegen.

Und eben so ist es auch im gegenwärtigen Kriege. Nicht das Interesse der gekränkten deutschen Fürsten, nicht die Leiden der königlichen Familie in Frankreich, sondern das vorauszusehende Uebergewicht zur See, die aus Frankreich ausgewanderte erfahrne Seeoffiziers, der Mangel an Matrosen in Frankreich, der gesperrte Handel dahin an Schiffsbauholz und andern Schiffmaterialien, ließen es den christlichen Antheil an diesem Kriege nehmen.

Welchem deutschen Patrioten schwillt nicht die Brust, wenn er sieht, daß Deutschland verheert und verwüstet — an Volk, Geld und Kunststücken ausgeleert und mit unausstehlicher Theurung geplagt wird, während daß England dabey allein gewinnt, ia daß es sogar der deutschen Nation durch seinen monopolischen Handelsdruck vollends das Blut aus den Adern saugt? Wer mag diesem tyrannischen Seezwang, wovon weder das Natur= noch Völkerrecht etwas weiß, ferner mit Kaltblütigkeit zusehen?

Ist die Erhaltung des Gleichgewichts auf dem festen

festen Lande stets für England selbst ein Hauptaugenmerk zu seyn geschienen, warum soll dieses Gleichgewicht nicht auch für alle Mächte Europens zur See gelten?

Kann man es also Frankreich verdenken, wenn es zu Herstellung dieses Gleichgewichts 200 Schiffe bauen ließe, um in England zu landen, und mit gewaffneter Hand dieses Recht der Nationen von dem stolzen Albion zu erkämpfen? Kann man einem deutschen Patrioten es zum Vorwurf machen, wenn er dieses wünscht?

Die Zeiten sind ohnedem vorbey, wo in jenem für die Städte Deutschlands glücklichen Alter des XVI. Seculi, als die Haupt-Straße aus Indien über Cahiro und Alexandria — von da mitten durch Deutschland nach den 85 hanseatischen Städten gieng, der Speculations-Handel auch für Deutschland einträglich war.

Die meisten derselben waren im deutschen Reich und führten fast für ganz Europa, besonders für die nördliche Hälfte, allen auswärtigen Handel, welchen sie so gut verstanden, daß sie mit allen Ländern einen Activ-Handel trieben, und wußten sich sogar mit den Waffen in der Hand dabey zu schützen. Schon im XIII. Jahrhundert hatten sie zu London eine sehr ansehnlichn Factorey mit vielen Vorrechten, welche eine von ihren 4 Haupt-Niederlagen war.

Die

Die 3 übrigen Haupt-Factoreyen waren zu Brügge, zu Bergen und zu Nowgorod in Rußland. Die englische Factorey hieß in den engländischen Urkunden der damaligen Zeit Guildhalda Teutonicorum (die Innungshalle der Deutschen). *) Hier waren ihre Packhäußer, Schreibstuben, Vorraths-Kammern und Gewölbe. Die Kaufleute der Hansestädte wurden in Engeland Osterlinge genannt, weil sie in Ansehung Englands gegen Osten wohnten. Allein sie konnten wegen der Flamänder, die ihnen im Wege standen, nicht recht aufkommen, bis jene im Jahr 1492 auf ihr Anstiften aus London verbannt wurden, da sie denn allen Handel der Flamänder an sich zogen. **) Gegen das Ende des XVten Jahrhunderts bestand ihre Einfuhre in vielem Eisen, Stahl, Flachs, Hanf, Pech, Teer, Mastbäumen, Tauwerk, Leinwand, Waizen, Roggen; ihre Ausfuhr aber in allen engländischen Waaren.

In der ersten Hälfte des XVI. Jahrhunderts bemeisterten sie sich völlig der Handlung mit wollenen Waaren, ja fast des ganzen englischen Handels, wovon sie noch darzu gelindere Abgaben und Zölle be-

---

*) Diese Halle liegt an der Themse, und heißt heutigs Tages Steelyard (der Stahlhof,) weil daselbst eine Niederlage von Stahl ist.

**) History and Survey of London, Vol. I. p. 438.

zahlten, als die gebohrnen Engländer selbst. Dieses und andere Bedrückungen, wovon

<blockquote>Willebrand in seiner Hansischen Chronik 2 Abtheil. S. 254.</blockquote>

viel erzählt, zogen laute Klagen der englischen Kaufleute nach sich, welche so laut, wie jetzo Deutschlands Klagen über England, wurden, so, daß im Jahr 1551 König Heinrich VIII. in England alle Privilegien der Hansestädte widerrief und für nichtig erklärte. Und dennoch wurde dieser Wiederruf weder unter ihm, noch unter der unruhigen und blutigen Regierung seiner Tochter Maria, mit Schärfe und Ernst vollzogen. Nur erst Elisabeth ihre Schwester, als sie 1558 den Thron bestieg, ergriff kräftigere Maaßregeln, allen Handel der Hansestädte aufzuheben, wovon sie ihr Königreich auf ewig befreyte.

Dieses ist der eigentliche Zeit-Punct, von welchem der Flor der englischen Handelschaft hergeleitet werden muß, die jetzt den ganzen Continent so tyrannisch beherrscht.

Welcher Heinrich, oder welche Elisabeth wird nun Europa von diesem Joche befreyen?

Vielleicht ist es einer edlen Nation — vielleicht aber auch der Zeit vorbehalten, die Thomas Paine

ne *) noch auf 20 Jahre bestimmt, um das Schicksal Englands entschieden zu sehen, das jetzt mit 400
Millionen Pfund Sterling National-Schuld, seiner
ohnvermeidlichen Auflösung entgegen schlummert, wenn
es nicht noch vor dieser Zeit, durch eine französische
Landung, daraus geweckt wird.

III.

Oder werdet Spartaner!

Wollt ihr aber nicht in England landen, Franzosen! so entsaget dem See-Handel und **werdet Spartaner**, wie sie ihr Gesetzgeber Lycurgus gebildet.

Denn das ist die große Kunst eines kühnen Gesetzgebers,

**das Volk in Abhängigkeit und zugleich
im Ueberfluß zu erhalten.**

Der größte Theil des Volks war damals so arm,
daß es ihm an jeder Art von Besitzungen mangelte,
indessen eine kleine Anzahl einzelner Bürger alle Ländereyen und Reichthümer des Landes im Besitz hatten.
Um also den Uebermuth, den Betrug und die Ueppig-

*) über den Verfall des Großbritannischen Finanz-
Systems.

keit der einen, sowohl als das Elend, den Gram und die Verzweiflung der andern zu verbannen; So überredete der feine Philosoph den größten Theil, und zwang die übrigen, alle ihre Ländereyen dem Staate zu übergeben, und eine neue Eintheilung derselben zu machen, damit unter allen eine vollkommene Gleichheit herrschte.

So wurden alle sinnliche Güter des Lebens unter die Herrscher und Beherrschten gleich vertheilt, und nur höheres Verdienst allein gab höhere Vorzüge.

Und obgleich den Königen in Laconien zu Behauptung ihrer Würde ein grösserer Antheil angewiesen wurde, so hatte doch ihre Tafel mehr das Ansehen des Wohlstandes und Auskommens, als des Ueberflusses und der Verschwendung.

Doch! die bloße Vertheilung der Ländereyen würde keinen dauernden Zweck haben erreichen lassen, wenn das Geld sich dabey noch immer hätte anhäufen können. Um also jeden andern Unterscheid, außer dem, welchen Verdienste machen, aufzuheben, entschloß er sich, allen Reichthum, ohne Unterschied, auf gleichen Fuß zu setzen. Er beraubte zwar diejenigen, welche Gold und Silber hatten, nicht ihres Eigenthums; aber, was gleich viel war, er setzte seinen Werth herab, und erlaubte den Spartanern

nern kein ander Geld im Handel und Wandel zu gebrauchen, als Eisen. Diese Münze münzte er noch überdem so schwer, und gab ihr einen so geringen Werth, daß ein Wagen mit zwey Ochsen bespannt nöthig war, eine Summe von zehen Minen, oder etwa hundert und zwanzig Thaler fortzubringen, und ein ganzes Hauß, um sie zu verwahren. Dieses eiserne Geld hatte in keinem der andern griechischen Staaten einigen Umlauf, vielmehr machten es diese, weit entfernt, es zu schätzen, äußerst verächtlich und lächerlich. Wegen dieser Geringschätzung der Auswärtigen fiengen die Spartaner bald selbst an, es so sehr zu verachten, daß endlich das Geld ausser Gebrauch kam, und wenige sich mit mehrern Beschwerten, als sie gerade nöthig hatten, sich die nothwendigsten Bedürfnisse zu verschaffen.

So wurde nicht allein Reichthum, sondern auch sein unzertrennliches Gefolge, Habsucht, Betrug, Raub und Ueppigkeit aus diesem simplen Staate verbannt, und das Volk fand in der Unbekanntschaft mit Reichthum den glücklichsten Ersatz für den Mangel derjenigen Verfeinerungen, die er gewährt.

Allein! diese beyde Anordnungen wurden noch nicht für hinlänglich erachtet, dem Hange zu Ausschweifungen, welcher dem Menschen wie angeboren ist, vorzubauen. Es ward daher noch eine dritte Einrichtung gemacht, vermöge welcher alle Mahlzeiten öffentlich gehalten werden mußten. Er befahl nämlich, daß alle Mannspersonen ohne Unterschied in einem gemeinschaftlichen großen Saale speisen sollten, und damit ja kein Fremder seine Bürger durch ein übles Beyspiel verderben möchte, ward ihm durch ein ausdrückliches Gesetz untersagt, sich in der Stadt aufzuhalten. Durch dieses Mittel wurde die Frugalität nicht allein nothwendig, sondern auch der Gebrauch des Reichthums zu gleicher Zeit gänzlich verbannt.

Diese Mittel halfen mehr, als Assignate, Mandate und gezwungenes Ansehn, wodurch die französische Republik, wie durch eine Palliativ-Cur, ihren erschlafften Staats-Cörper nur noch auf kurze Zeit hinflickt.

In Sparta schickte jeder Bürger monatlich seinen Beytrag zu dem gemeinschaftlichen Vorrath, nebst einer Kleinigkeit an Gelde zu andern nöthigen Ausgaben. Dieser Beytrag bestand aus einem Scheffel Mehl, acht Maaß Wein, fünf Pfund Käse und dritthalb Pfund Feigen. Die Tafeln bestunden jede aus 15 Personen, und keiner wurde anders, als mit Bewilligung der ganzen Gesellschaft, zugelassen. Jedermann, ohne Ausnahme der Person, war verbunden, sich bey der gemeinschaftlichen Mahlzeit einzufinden.

Selbst der König Agis mußte sich Verweise und Strafe lange Zeit nachher gefallen lassen, als er, bey

seiner

seiner Rückkehr von einem glücklichen Feldzug, mit seiner Gemahlin zu Hauße gespeist hatte. Selbst die Kinder hatten an diesen Mahlzeiten Antheil, und wurden dahin gebracht, als in eine Schule der Mäßigkeit und Weisheit. Denn hier war kein ungezogener oder unsittlicher Umgang, keine nichtsbedeutende Zänkereyen, kein großpralerisches Geschwätz, noch weniger eine Verläumbung seines Nächsten, das Haupt-Gespräche in jetzigen großen Gesellschaften, erlaubt. Jeder bemühte sich, seine Gedanken über nützliche Gegenstände mit äußerster Klarheit und Kürtze vorzutragen ꝛc. Witz wurde nur, wie Gewürz zur Speise, gestattet, und V e r s c h w i e g e n h e i t gab der Unterhaltung S i c h e r h e i t. Sobald ein junger Mensch ins Zimmer kam, pflegte der älteste in der Gesellschaft, auf die Thüre zeigend, zu ihm zu sagen: N i c h t s, w a s h i e r g e s p r o c h e n w i r d, d a r f d a h i n a u s. Schwarze Suppe war ihr liebstes Gericht; Fleisch war nicht unter ihren Speisen.

Ein so strenges Gebot, welches auf einmal allen Delicatessen und Raffinements der Ueppigkeit, ein Ende machte, war den Reichen sehr unwillkommen, so wie es auch den leckerhaften Mäulern der Franzosen seyn würde, die ihren Gaumen im jetzigen Krieg in Deutschland so gelabt haben, daß einer gewissen Reichsstadt in Franken, wo sie sich etliche Wochen aufhielten, blos die Tafel der französischen Generalität 20000 Gulden Fränkisch gekostet hat.

Man

Man ergriff daher in Sparta iete Gelegenheit, den Gesetzgeber, wegen seiner neuen Anordnungen, zu kränken. Mehrmals kam es darüber zum Aufruhr, und in einem derselben schlug ein junger Kerl, Namens Alexander, dem weisen Lycurg ein Auge aus. Aber dieser hatte den größten Theil des Volks auf seiner Seite, welches, über diese Beleidigung aufgebracht, ihm den jungen Menschen in die Hände lieferte, um ihn mit gebührender Strenge zu bestrafen. Aber! anstatt einer unrühmlichen Nachsucht, übte Lykurgus Gelindigkeit aus, gewann seinen Feind durch alle Künste der Leutseligkeit und Liebe, bis er endlich aus einem der übermüthigsten und unruhigsten Köpfe, ein Muster der Weisheit und Mäßigung, und ein sehr brauchbarer Gehülfe des Lycurgus zur Beförderung seiner neuen klugen Einrichtungen wurde.

Was würden Marat und Robespierre in Paris gethan haben, wenn sie ihre Mörder überlebt und in ihre Gewalt bekommen hätten? An Marats Mörderin wurde der Staat Rächer, aber weit entfernt, dem Beyspiel eines Lycurgs nachzuahmen. Und eben dieser Staat verfolgt die Emigrirten aus Frankreich mit Beyspielloser Härte. Gleich dem Alexander, den Lykurg durch Gelindigkeit umschaffte, würden diese vertriebene Staats-Bürger, wenn sie wieder in ihr Vaterland mit Gelindigkeit aufgenommen würden, künftig die brauchbarsten, die erkenntlichsten, die ruhigsten

higsten Inwohner werden. Aber! sogar an ihren zurückgebliebenen Verwandten will der Staat Rache üben. — O! werdet Spartaner!

Da die Erziehung der Jugend einer von den wichtigsten Gegenständen der Bemühung eines Gesetzgebers war; so trug er Sorge, den Kindern früh solche Grundsätze einzuflößen, daß sie gewissermaßen schon mit einem Gefühl von Ordnung und Zucht auf die Welt kämen. Sein großer Grundsatz war: Kinder seyen das Eigenthum des Staats, und gehörten mehr dem gemeinen Wesen, als den Aeltern zu. Zu diesem Ende machte er gleich mit dem Augenblick der Empfängniß den Anfang, indem er den Müttern solche Diät und Leibesübungen vorschrieb, wodurch sie gesunde und starke Kinder zur Welt bringen konnten.

Da die Umwandelung einer ganzen Nation nicht ohne alle Härte geschehen kann; So darf man sich nicht wundern, wenn Lykurgus befahl, daß alle die Kinder, welche nach einer öffentlichen Besichtigung, häßlich und schwächlich, und ungeschickt zu einem mühseeligen Leben befunden würden, in einer Höhle am Berge Taygetus ausgesetzt würden und umkommen sollten.

Dieß sah man als eine öffentliche Strafe der Mutter an, und hielt es für den kürzesten Weg, den
Staat

Staat einer künftigen Last zu entledigen, und die Mütter wurden dadurch sorgsam für ihre Diät gemacht, um gesunde und starke Kinder zu gebähren.

Diejenigen Kinder nun, die ohne irgend einen Hauptfehler geboren waren, wurden dann als Kinder des Staats angenommen, und ihren Aeltern übergeben, um sie mit Strenge und Härte aufzuziehen. Von ihrem zartesten Alter an wurden sie gewöhnt, keinen Unterschied in Speisen zu machen (also nicht nach blos weißen Brod, wie die Franzosen, lüstern zu seyn,) sich im finstern nicht zu fürchten, nicht verdrüßlich und mürrisch zu werden, wenn sie allein gelaßen wurden, mit bloßen Füßen zu gehen, auf hartem Lager zu schlafen, Winter und Sommer gleiche Kleider zu tragen, und sich nie vor ihres Gleichen zu fürchten.

„Im siebenden Jahr wurden sie aus ihrer Aeltern Haus genommen, und in die Klaßen zur öffentlichen Erziehung gethan. Hier war ihre Zucht fast nichts anders, als eine Uebung in Ertragung aller Beschwerden, in Selbstverläugnung und Gehorsam. In diesen Klaßen führte einer von den ältesten und erfahrensten Knaben die Oberaufsicht, schrieb die Uebungen vor, und hatte Macht, die Widerspenstigen zu züchtigen, um sie zur Subordination zu gewöhnen.

Selbst ihre Spiele und Leibesübungen waren
nach

nach der strengsten Zucht eingerichtet und bestanden aus Arbeiten und Beschwerden. Sie giengen barfuß, mit geschornen Köpfen, und mußten nackt mit einander fechten. Die Sprache des Spartaner war so sparsam, als sein Geld groß und schwer. Alle prahlerische Gelehrsamkeit war aus diesem Staat verbannt; ihr einziges Studium war: Gehorchen, woran es dem gemeinen Soldaten der Westfranken gar zu sehr fehlet. Daher war es auch ihr einziger Stolz, Beschwerlichkeiten aller Art zu ertragen. Alle Kunst wurde gebraucht, sie gegen künftige Gefahren abzuhärten. Zu diesem Ende wurden sie jährlich an dem Altar der Diana gegeißelt, und derjenige Knabe, welcher diese schmerzhafte Behandlung am standhaftesten ertrug, gieng als Sieger ruhmvoll davon.

Dieß geschah öffentlich vor den Augen ihrer Aeltern, und in Gegenwart der ganzen Stadt; und oft gab einer unter dieser harten Züchtigung seinen Geist auf, ohne einen Seufzer auszustoßen. Selbst ihre eigne Väter, wenn sie ihr Kind mit Blut und Wunden bedeckt und im Begriff sahen, den Geist aufzugeben, ermahnten sie, mit Standhaftigkeit und Entschlossenheit auszuhalten. Da sah man keine Thräne des Mitleidens; da hörte man kein Wort der Bedauerniß. Plutarch, welcher versichert, daß er mehr als einmal Kinder unter dieser grausamen Behandlung sterben gesehen, erzählt uns von einem, der, als er einen gestohlnen Fuchs unter seinem Kleide trug, sich von

ihm

ihm den Bauch zerfreßen ließ, um seinen Diebstahl nicht kund werden zu laßen.

Man sieht, daß jede Einrichtung dahin abzweckte, Körper und Geist zum Kriege zu härten. Um sie zu Kriegslisten und plötzlichen Ueberfällen abzurichten, erlaubte man den Knaben, einander zu bestehlen; wurden sie aber auf der That ertappt, so bestrafte man sie wegen Mangels an Geschicklichkeit.

Im zwölften Jahr wurden die Knaben in eine höhere Klaße versetzt. Hier wurden, um den Saamen des Lasters, welcher um diese Zeit zu keimen anfängt, gänzlich auszurotten, Zucht und Arbeit zugleich mit dem Alter vermehrt. Hier hatten sie ihren Lehrer aus den Männern, welcher Pädonomos hieß, und unter ihm die Irenen, junge Leute aus ihrem eignen Mittel erwählt, um eine beständige unmittelbare Zucht über sie auszuüben. Nun hatten sie ihre Scharmützel zwischen kleinern Partheyen, und ihre ordentliche Treffen zwischen größern Haufen. In diesen fochten sie oft mit Händen, Füßen, Zähnen und Nägeln, mit solcher Hartnäckigkeit, daß es etwas Gewöhnliches war, sie ihre Augen und oft ihr Leben verlieren zu sehen, ehe der Sieg entschieden wurde.

So war die beständige Zucht während ihrer Minderjährigkeit beschaffen, welche bis ins dreyßigste Jahr dauerte, vor welchem es ihnen nicht erlaubt war, weder zu heirathen, noch Kriegsdienste zu thun, noch irgend eine Staatsbedienung zu verwalten.

Was

Was die Mädgen betrifft, so war ihre Zucht eben so strenge, als der Knaben, damit sie durch ihre Weichlichkeit nicht einst ihre Männer verderben möchten. Sie wurden zu ununterbrochener Arbeit und Geschäftigkeit gewöhnt bis ins zwanzigste Jahr, vor welcher Zeit sie nicht heirathen durften. Sie hatten auch ihre besondern Leibesübungen. Sie liefen um die Wette, rangen, warfen nach dem Ziel, und verrichteten alles dieses nackend vor der ganzen Versammlung der Bürger. Dieß ward auf keine Weise für unanständig gehalten, indem die Erfahrung lehrte, daß der öftere Anblick nackender Personen beyderley Geschlechts die Neugierde stillte und jede wollüstige Begierde eher unterdrückte als erregte.

Eine so männliche Erziehung brachte auch bey dem weiblichen Geschlechte in Sparta gleiche Gesinnungen hervor. Sie waren kühn, mit schlechter Kost zufrieden, und patriotisch, voll von Gefühl der Ehre und Begierde nach kriegerischem Ruhm. Als einst einige ausländische Frauenzimmer in Gesellschaft der Gemahlin des Leonidas sagten: die spartanischen Weiber allein verständen die Kunst, ihre Männer zu beherrschen, erwiederte sie stolz: die spartanischen Weiber allein bringen **Männer zur Welt**. Eine Mutter, als sie einst hörte, daß ihr Sohn für sein Vaterland fechtend umgekommen, antwortete ohne alle Bewegung: **dazu hab' ich ihn gebohren**. Was Wunder also, wenn nach der Schlacht bey Leuktra die Aeltern derer, die im Treffen geblieben waren, in den Tempel giengen und den Göttern dankten, daß ihre Söhne ihre Pflicht gethan, indeßen die andern, deren Kinder diesen schrecklichen Tag überlebt hatten, untröstbar waren.

Außer diesen mit der Staatsverfaßung verbundenen Grundsätzen, herrschten noch viele andere Maximen unter

unter ihnen welche nicht anders als Gesetze betrachtet wurden. So wars ihnen z. E. nicht erlaubt, irgend ein Handwerk oder mechanische Kunst zu treiben. Die vornehmste Beschäftigung der Spartaner bestand in Leibesübungen oder in der Jagd.

Die Heloten, die einige hundert Jahr vorher ihre Freyheit verlohren hatten, und zu ewiger Sklaverey verdammt waren, musten ihnen ihre Ländereyen pflügen, wofür sie weiter nichts, als ihren bloßen Unterhalt, zum Lohn bekamen. Liebe für ihr Vaterland und für das allgemeine Wohl war die herrschende Leidenschaft der Spartaner.

Der stille Denker ziehe hier eine Parallele zwischen diesem Patriotismus und dem ietzigen Patriotismus der Deutschen. —

Unter andern Maximen dieses Gesetzgebers in Sparta, war den Bürgern auch verboten, gegen einen und denselben Feind oft hintereinander Krieg zu führen. Dieses Verbot hatte die Absicht und Würkung, daß sich keine eingewurzelte und zu weit getriebene Feindseeligkeit bey ihnen festsetzte, daß sie nicht in Gefahr kamen, diejenigen, welche sie bekriegten, in ihrer Kriegsmethode zu unterrichten, und daß sie alle ihre Bündnisse auf diese Art öfters erneuern konnten.

Es scheint überhaupt ein Fehler unserer ietzigen Zeit zu seyn, daß man Nationen gegen Nationen, in und außer dem Kriege, einen unauslöschlichen Haß einzuprägen sucht, da man doch die Exempel weiß, daß, nach dem heutigen mehr verwickelten Interesse der Staaten unter und gegen einander, diejenigen Nationen mit einander in Bündniß treten, die erst in der letzten Decade noch einander bekriegten, und also auch umge-

umgekehrt, wo es lsodann zum Nachtheil des gemeinschaftlichen Interesse an nöthiger Harmonie fehlt.

So offt die Spartaner den Feind in Unordnung und zum Weichen gebracht hatten, verfolgten sie ihn nicht weiter, als nöthig war, sich des Sieges zu versichern. Sie hielten es sich für rühmlich genug, gesiegt zu haben, und schämten sich, einen fliehenden Feind zu tödten. Dies hatte nicht selten eine gute Würkung bey ihren Feinden, welche wußten, daß alles, was sich widersetzte, niedergehauen wurde, mithin oft die Flucht, als das sicherste Mittel, ihr Leben zu retten, viel eher ergriffen.

Also schienen Tapferkeit und Edelmuth die herrschenden Triebfedern dieser neuen Verfassung zu seyn; Waffen waren ihre einzige Uebung und Beschäfftigung; aber im Lager war ihr Leben nicht so streng als in der Stadt. Die Spartaner waren das einzige Volk in der Welt, dem die Zeit des Krieges eine Zeit der Gemächlichkeit und Erquickung war, weil dann die Strenge ihrer Sitten etwas herabgespannt und größere Freyheiten ihnen zwar gestattet wurden, ohne jedoch in Zügellosigkeit auszuarten, oder der durchaus nöthigen Subordination dadurch Eintrag zu thun.

Ihr erstes und unverletzliches Kriegsgesetz war, nie ihrem Feinde den Rücken zuzukehren, so sehr er ihnen auch an Macht überlegen seyn möchte, und ihre Waffen nicht eher als mit dem Leben von sich zu geben. Also entschlossen, zu siegen oder zu sterben, giengen sie ruhig, mit aller Zuversicht eines glücklichen Ausgangs, dem Feind entgegen, überzeugt, daß sie entweder einen glorreichen Sieg, oder, was ihnen gleich viel galt, einen Ehrenvollen Tod davon tragen würden.

Um nun ihre Sicherheit von nichts anders, als

von

von ihrer Tapferkeit zu er***en, verbot ihnen ihr Gesetzgeber, die Stadt mit Mauern zu umgeben. Sein Grundsatz war, wie Friedrich des Großen von Preußen, eine Mauer von Menschen sey besser, als eine Mauer von Steinen, und eine eingesperrte Tapferkeit sey nicht viel besser, als Feigheit. In der That brauchte auch eine Stadt, in welcher sich, ohne die Heloten, dreyßigtausend Krieger befanden, keine Mauern zu ihrem Schutz; und wir haben kaum ein Beyspiel in der Geschichte, daß sie sich bis in ihre letzte Zuflucht hätten zurücktreiben lassen. Krieg und dessen Ehren waren ihr Geschäfft und ihr Stolz. Sie bedurften keines Seehandels, waren mit den Producten ihres Landes zufrieden, und genossen einer innern häuslichen Zufriedenheit. —

Seht, meine Herren Franzosen! das heißt:

Werdet Spartaner! so wie sie ihr Gesetzgeber Lycurgus gebildet.